文庫

殊能将之 未発表短篇集

殊能将之

講談社

The Collected Unpublished Short Stories of Masayuki Shunou

CONTENTS

犬がこわい

1

世の動物好きの方々は、動物が嫌いで嫌いでしかたない人間が存在することを理解していないのではないだろうか？

恥を忍んで、犬がこわいと告白すると、犬好きが示す反応は、たいてい次の三通りだ。

「どうしてですか？　こんなに可愛《かわい》いのに」と目を丸くする。

「あらまあ、それはお気の毒に」と同情する。

「でも、うちのボビー（犬の名前）に会えば、そんな気持ちは吹っとんでしまいますよ」と犬恐怖症を治療しようとする。

冗談じゃない。べつに犬が嫌いでも、犬がこわくても、何ひとつ不自由はしていないのだから、同情される筋合いはなかった。それに、犬嫌いを克服して、キルトか何かの服を着せられた可愛いワンちゃんたちと交流を深める気もまったくない。

その一方で、いくら嫌いだからといって、犬をいじめて喜ぶ趣味も持ちあわせていないのだ。犬を見たら石を投げたくなったり、金属バットでぶん殴りたくなるわけではない。

このことも世の動物好きが誤解しがちな点だった。動物が嫌いなことと、動物に憎しみをいだくこととは、まったく別の感情なのだ。それなのに、動物嫌いは冷血非情な動物虐待者であると短絡的に考える人がけっこういる。

動物嫌いの大多数は、動物を憎んではいないし、かといって動物を好きになりたがっているのでもない。

たんに、動物好きの人と共存したいと願っているだけなのだ。

なぜだか理由はわからないけれど、世の中に犬が好きで好きでたまらないという人たちがいて、実際に家で犬を飼っていることは事実なのだから、そのことをとやかく言ってもしかたない。それは彼らの自由だ。近所で犬を飼うな、と主張するつもりもないし、通りがかりに吠《ほ》えられたり、夜中に遠吠えするからといって、民事訴訟を起こす気もない。

ただ、できれば、犬がこわい人間も少数派ながら存在することをご理解いただき、共存共栄のために多少なりとも配慮してもらえれば、大変ありがたい。

これはじつにささやかな願いだと自分では思っている。

しかし、犬好きというのは、世の中に犬が大嫌いな人間がいることを理解していないらしい——。


半崎誠一郎《はんざきせいいちろう》は路上に立ちすくみながら、そう痛感した。

——そうでなければ、住宅地の真ん中で、犬を鎖につながずに放し飼いにしようなどと考えるわけがない。

半崎の二十メートルほど前に、一匹の犬がアスファルトに腹をつけ、前足をのばして、寝そべっていた。頭から尻尾《しっぽ》まで真っ白の、かなりの大型犬で、体長一メートルはあるだろう。小型犬が近づいてきてもびくびくしてしまう半崎にとっては、ほとんど猛獣に等しかった。

帰宅する道筋に、昨日までこんな犬はいなかった。野良犬だろうか、と半崎は最初思った。いや、そうではない。白い毛皮がちょっと薄汚れてはいるが、ちゃんと首輪をしている。

たぶん、二日ほど前に引っこしてきた、光島《みつしま》とかいう男の飼い犬だ。実際、その犬は、光島家の真新しい住宅の前に、わがもの顔で寝そべっていた。半崎は、昨夜、犬の吠え声が聞こえたことを思い出した。あのうるさい声の主も、こいつだったかもしれない。

半崎は、引っこしのあいさつに来た光島の顔を思い浮かべた。半崎と同じく四十代前半とおぼしき男だった。家を新築できたのがよほどうれしかったのか、満面に笑みをたたえながら、クッキーの箱を持参して訪れたときは、礼儀正しい男だと感心したものだが、こんな非常識なやつとは思わなかった。

だが、光島の隣人としての適性を疑っている場合ではない。目の前に鎖につながれていない犬がいる。この状況をいかに打破するかを考えなければならない。

忍び足で横を通りすぎるのは論外だった。犬というやつには、犬嫌いの人間を見抜く能力がある。そして、相手が弱いと見てとると、吠えまくり、ひどいときには嚙《か》みつこうとする。半崎は小学生のときのいやな記憶がよみがえって、冷や汗が出そうになった。

遠回りするしかない、と半崎は決心した。犬が気づかないうちに、ここから逃げ出そう。

半崎はできるだけ気配を殺して、後ずさりした。

そのとき、犬が半崎に顔を向けて、のそっとした動作で、立ちあがろうとした。

もうがまんできなかった。半崎は即座にきびすを返すと、小走りにその場を逃げ出した。全力疾走したい気持ちをこらえたのは、走ると犬は追いかけてくるという俗説が、頭にこびりついていたからだ。

2

百メートル近く遠回りして帰宅した半崎は、夕食の席で、やり場のない怒りを家族にぶつけた。

ところが、妻の陽子《ようこ》はいきなり笑い出した。

「四十二にもなって、犬がこわいだなんて言ったら、人に笑われるわよ。それに、あたしも昼間見かけたけど、全然おっかなくないじゃない。おとなしそうな犬だったでしょう」

「犬は犬だ」

半崎はかぼちゃの煮物をつまみながら、普遍の真理を指摘した。

「頭を撫《な》でてやったら、尻尾を振ってたよ」

中学二年生の娘、尚実《なおみ》が茶碗《ちゃわん》から顔も上げずに言った。

「頭なんか撫でたのか」

半崎はびっくりして、

「だいじょうぶだったか」

尚実はなぜか怒った表情になって、父親を見つめた。

「尻尾を振ったって言ったでしょ？　あんなおとなしそうな犬がこわいだなんて、お父さん、おかしいよ」

そう言い残すと、食べ終わった茶碗と鉢《はち》を流しに運び、さっさと自分の部屋へ引きあげてしまった。

「何を怒ってるんだ、あいつ」

と、半崎は陽子に訊《き》いた。

陽子が、ふう、とため息をついた。

「あなた、尚実の気持ちもわかってあげてくださいよね」

「尚実の気持ち？　そんなことくらいわかってるつもりだがね。父親なんだから」

半崎はテーブルごしに陽子のほうを見た。陽子は困ったような顔つきになって、

「わかってないわよ。あの子、犬が飼いたいのよ」

「なんだと？」

半崎は愕然《がくぜん》として、茶碗をテーブルに置いた。ゴツ、という大きな音が響いた。

「やっぱりびっくりしたわね」

陽子はかすかに微笑を浮かべて、

「だから、あの子も言い出せないのよ」

「なんで犬なんか飼いたいんだ」

半崎にはまったく理解しがたい話だった。

倹約に倹約を重ねて頭金をつくり、三十年ローンでやっと手に入れた夢のマイ・ホームに、なぜ犬などというおぞましい動物を同居させなければならないのか。まるで風呂場で鰐《わに》を飼おうと提案されたようなものだ。

「だって、せっかく一戸建ての家に住めるようになったんだし、ご近所にも犬を飼っているおうちが多いでしょう？」

陽子は半崎の目をまっすぐ見て、

「それに、あの子、あなたと違って動物好きだから」

本心では、あたしに似て、と言いたいに違いない。

陽子も動物好きで、独身時代は実家で犬を飼っていた。結婚の申し込みに行ったとき、半崎の最大の敵は両親ではなく、そのタケルという名の雑種犬だった。最愛の飼い主を奪われることに勘づいたのか、半崎が訪れると、鎖を目いっぱい引っぱり、四本の足を地面にきつく踏んばって、キャンキャン吠えまくったのだ。陽子にタケルを押さえていてもらって、ようやく半崎は家に上がることができた。

結婚したあとも、盆や正月に陽子の里帰りにつきあうたびに、タケルは、長年の主従関係を断ち切った半崎に向かって、うらめしそうに吠えつづけた。

とうとう半崎に馴《な》れることなく、タケルは十年以上前に死んだ。十七歳だったから、大往生といえるだろう。悲しむ陽子に同情しながらも、半崎は少しほっとしていた。結婚当初は賃貸マンション住まいだったので、犬を飼うことは不可能だったが、予定どおり一戸建ての家を購入したら、陽子はタケルを飼うと言い出しかねなかったからだ。

陽子はそんな半崎の気持ちを悟《さと》ったに違いない。タケルを葬ったあと、三日間、口を利いてくれなかった。

「わたしは家のことにいちいち細かく口を出す男じゃない」

半崎は少し気おくれして、低姿勢になった。だが、陽子の目に期待の色が浮かぶのを見て、あわててつけ加えた。

「ほかのことはきみの好きなようにしてくれればいいよ。でも、犬を飼うのだけは勘弁してくれないかな」

陽子は半崎をまじまじと見つめた。

「あなた、なんでそんなに犬が嫌いなの？」

「婚約してたころに説明しただろう」

半崎は憮然《ぶぜん》として答えた。

「小学生のときにコリーに噛まれたからだ」


口にしただけで、そのときの悪夢がよみがえってきた。

半崎が八歳のときだった。学校から帰り、ランドセルを置くのももどかしく、半崎少年は近所の公園に遊びに出かけた。

公園の遊歩道で、若い女性がコリーを散歩させていた。

そのころから半崎少年が犬嫌いだったわけではない。好きでも嫌いでもなかった、というのが正直なところだ。学校から帰ったあと、いつも遊んでいる公園にコリーがいても、べつになんとも思わなかった。

半崎少年はおびえることも、こわがることもなく、広場に行こうとして、犬を連れた女性の脇をすり抜けた。

そのとき、いったい何を思ったのか、コリーが突然、前に飛び出し、リードがぴんと張りつめた。

すると、女性は「あっ」と叫んで、リードから手を離してしまったのだ。

コリーは半崎少年の背後に駆けより、右のふくらはぎを嚙んだ。

肉を食いちぎられるほど、強く嚙みつかれたわけではない。ほんの少し歯が食い込んで、皮膚がくぼんだだけで、血は一滴も出なかった。相手にしたら、見知らぬやつが近づいてきたので、遊び半分に歯を立ててみた程度のことだったのだろう。

しかし、半崎少年にとって、それは身の毛もよだつ恐怖の体験だった。嚙まれた、と思ったとたんに腰が抜け、公園の石畳《いしだたみ》にへたり込んだ。

コリーはまだすぐそばにいた。細長くのびた顔が目の前にあった。顔から血の気が引くのを感じた。

そのとき、飼い主の若い女性がやっとリードをつかみ、コリーを引き離してくれた。

「坊や、ごめんね」

そう口では謝りながら、彼女の顔は笑っていた。飼い主の目には、愛犬が子供とじゃれあったとしか見えなかったのだろう。うちの可愛いワンちゃんはなんて子供好きなのかしら、とでも考えていたのかもしれない。

女性はコリーを連れて、さっさと立ち去ってしまった。

半崎少年は公園で遊ぶ気も失せ、右足を引きずりながら、家に帰った。

玄関に入るなり、「犬に噛まれた」と泣き出したら、母親が心配して飛んできた。だが、軽く歯形がついただけと知ると、半崎少年の頭をはたき、

「男の子がこんなことで泣くんじゃないよ」

と叱《しか》った。

こんなこと、という母親の言葉がまたショックで、半崎少年は熱を出し、それから二日間寝込んだ。

その後、母親は死ぬまで、事あるごとに、

「この子は子供のころ、犬にじゃれられただけで熱を出して寝込んだんだよ」

と誰かれかまわずしゃべりつづけた。母親にとって、半崎の子供時代は、このエピソードに集約されていたらしい。

以来、半崎は犬が大嫌いになってしまった。特にコリーは天敵といってもよかった。あの狐面を思い浮かべるだけで、ぞっとする。小学校の視聴覚教育の授業で「名犬ラッシー」を見せられたときは、三十分間ずっと、ぶるぶる震えていたほどだ。

「あたしが小学生のころは、ラッシーはあこがれの的だったわよ」

陽子は子供をさとすような口調になっていた。

「あんな利口《りこう》な犬を飼えたらなあ、って思ったもんだけど」

「やめてくれ」

半崎は顔をしかめて、

「ラッシーという名前を聞くだけでもいやなんだ。おかげで、インド料理店にも行けない」

陽子は、どうしてこんな臆病《おくびょう》な男性を生涯の伴侶《はんりょ》に選んだのか、と真剣に後悔しているようだった。半崎を軽くにらむと、

「いい歳して、犬がこわいなんて、なさけないこと言わないでよ。もし、あなたとふたりで歩いていて、向こうからおなかを空かせた大きな狼《おおかみ》が襲いかかってきたら、どうする気なの？　あたしを助けてくれるんじゃないの？　それとも、あたしが食べ

られるのをほうっておいて、逃げ出すつもり？」

どうして女というやつは、こういう突拍子もない仮定の話をするんだろう、と半崎は思った。そんなことが現実に起こるわけがないじゃないか。

「安心しろ」

半崎は皮肉な笑みを浮かべて、

「わたしは百メートル先に狼の姿が見えた瞬間に、すでに逃げ出してるから、襲われるのはきみひとりさ」

陽子はあきれはてたという表情になった。

3

翌日の金曜日の朝、出勤するときも、その白い犬は光島家の前に腹ばいになっていた。半崎は即座に出勤のコースを変更し、光島家の裏を通って、駅に向かった。

仕事を終えて、駅に着いたのは午後六時すぎだった。黄昏《たそがれ》が舞い降りはじめ、空は深い紺色に染まっていた。駅前のアーケイドの天井を飾る丸い白熱灯がすでに点灯していた。

いくらなんでも、夜になれば、光島は犬を小屋に戻すに違いない。薄暗い街灯が並ぶ新興住宅地の街路を歩きながら、半崎はそう考えた。たとえ鎖につながれていなかったとしても、門扉《もんぴ》にへだてられていれば、安心だ。

だが、半崎はすぐに思いなおした。光島家の前を通ったら、あの犬はいきなり吠えてくるのではないだろうか。

一昨日の夜に聞いた吠え声は、尋常ではなかった。ほんの五分足らずだったが、敵意を剝《む》き出しにした、けだものの叫びだった。自宅のリビングでくつろいでいた半崎が、ぞっとして、思わず腰を浮かしたほどだ。

吠えられるのはいやだ、と半崎は思った。そして、光島家の前を通れば、自分は必ずあの白い犬に吠えられるだろう、という予感がした。

光島家が近づいてきた。半崎は路上に立ちどまり、門のあたりを見やった。白い犬の姿はなかった。

思ったとおり、光島は犬を門のなかに入れたのだろう。

半崎はほっとしたが、念には念を入れて、今日も遠回りして家に帰ることにした。

光島家の庭を取り囲むコンクリートの高い塀《へい》を左手に見ながら、半崎は夜道をとぼとぼ歩いていった。

陽子の言うとおりだ。犬に吠えられるのがいやで、わざわざ道順を変えるなんて、われながら、いやになってくる。

だが、犬がこわいという気持ちはどうしようもなかった。

角を曲がって、光島家の裏手の路地に出たときだった。半崎はあまりのショックに、手にした鞄を取り落としそうになった。

路上に、あの白い犬が立っていた。

なんでこんなところにいるんだ、と半崎は心のなかで悪態をついた。わたしを待ちぶせしていたのか？

まさか。半崎はあわてて疑念を打ち消した。たかが犬にそんな知恵がまわるはずがない。それに、この犬に待ちぶせされて襲われるような悪さをした覚えもない。

実際、その犬は半崎にはまったく無関心な様子だった。半崎が曲がり角から出てきたとき、ちらりと顔を向けただけで、すぐにまた視線を戻してしまった。仮に待ちぶせしていたのだとしても、相手は半崎ではないようだ。

何を見ているんだろう？　半崎は犬の視線の先を見た。

街灯の光に照らされて、光島家の裏門が浮きあがっていた。その奥、敷石が点々とつづく先、暗闇のなかにぼんやり見える白い長方形は、おそらく裏口のドアだろう。

目をこらすと、金属製のドアノブも見えるから、間違いない。

半崎が見ていると、ノブが静かに回転し、ドアが開いた。隙間《すきま》から光が漏れ、ひとりの男が顔を出した。

半崎の家に引っこしのあいさつに訪れた光島という男だった。

光島が顔を見せると、白い犬は裏門に歩みよっていった。鉄格子のあいだから顔を突っ込み、低く小さな声でうなった。

光島はすぐに犬に気づいたようだった。眉間にしわをよせ、うなり声をあげる犬を憎々しげに見つめると、すぐにドアを閉めてしまった。裏口はふたたび闇につつまれた。

半崎はわけがわからなくなった。光島のあの憎しみにみちた表情からすると、この犬の飼い主とはとても思えない。それなら、なぜこいつは光島家のまわりをうろついているのだろう。

考えにふけっていられたのは、そこまでだった。気がつくと、白い犬は裏門から離れ、半崎のほうに近づいてきていた。

半崎はあわてて回れ右すると、いま来たばかりの道を足早に戻りはじめた。

そのとき、かぼそい鳴き声が聞こえた。

半崎が振り返ると、白い犬はよろけて、コンクリート塀に体をあずけていた。足がもつれて、うまく歩けないようだ。病気なのだろうか。それとも怪我《けが》をしているのか。

犬はなんとか塀から体を離すと、ふたたび歩き出した。まるで、何か確かな目的のために、最後の気力をふりしぼっているかのような姿だった。

「光島さんちに犬小屋があったかですって？」

陽子が流しで洗い物をかたづけながら、そう答えた。

「さあ、気がつかなかったわね。他人の玄関先をじろじろのぞいたりしないから」

「尚実、おまえは知らないか」

半崎はコーヒー・カップごしに娘をちらりと見て、そう訊《たず》ねた。

尚実はリビングのソファに腰を下ろして、テレビに見入っていた。画面に映るのは、男性四人組のバンドのライヴだ。半崎は彼らのバンド名も知らないし、男の薄化粧も気持ちが悪いだけだったし、きらびやかなシンセサイザーがやたらにうるさいだけの曲調も気に入らなかった。

ロックとは、長髪のいかつい男たちがエレクトリック・ギターを手にして魂の叫びを歌うものではないのか。四人もメンバーがいるのに、ヴォーカル以外の三人は全員キーボードなどという編成を見たら、天国のジミ・ヘンはなんと言うだろう。

しかし、半崎は、尚実がこの名も知らぬバンドの熱狂的なファンであることも知っていた。娘は父親の感想になどまったく興味を持っていないし、聞きたくもない。そんなことを話しても、ぷいとそっぽを向いて立ちあがり、自分の部屋に閉じこもって、小型テレビでライヴのつづきを見るだけだろう。

半崎は、いま訊ねたほんの些細《ささい》な質問でさえも、尚実の機嫌《きげん》をそこねてしまうのではないか、と内心少し不安に思っていた。最近どうも、尚実の考えていることがさっぱりわからない。ひとり娘で、甘やかして育てたせいだ、と半崎は考えていた。自分が歳をとったせいだ、とは考えたくなかった。

珍しいことに、尚実は父親の質問を無視しなかった。それどころか、テレビから顔をそらして、父親のほうを向いた。

これはほとんど奇跡といっていい。

「犬小屋あったよ、玄関の脇に」

尚実は簡潔に答えた。

「そうか。じゃあ、やっぱり光島さんところの犬なんだな」

半崎は腕組みして、そう言った。先ほど見た光島の表情が少し気になったが、無理やり自分を納得させた。

「夜まで放し飼いにしておくとは、とんでもないやつだ」

「おとなしそうな犬だから、だいじょうぶだと思ってるんじゃないの」

洗い物を終えた陽子が、エプロンをはずしながら、リビングにやってきた。よっこいしょ、と声を出して、半崎の隣にまるまるした尻を乗せる。

陽子は年々おばさん化の一途をたどっているな、と半崎はひそかに思った。

「あんなでかい犬を放し飼いにされたら困る。世の中にいるのは、きみみたいな犬好きだけじゃないんだ」

「あなたみたいな犬嫌いもいるわけね」

「そうさ。わたしは犬が嫌いだね」

半崎は開きなおった。

「四十二歳にもなって犬をこわがる臆病者さ。でも、わたしみたいな人間もいることを理解してもらわないと困る」

「確かに、犬を飼うならマナーを守ってもらわないとね。散歩のとき、糞《ふん》の始末をしない人もいるし」

「糞ならまだいいさ。でかい犬を手放しで散歩させるやつがいるだろう」

半崎は苦々しい表情になって、

「犬を散歩させるな、なんて理不尽《りふじん》なことを言うつもりはないが、せめて紐《ひも》でつないでほしいもんだね」

半崎はテレビで見たある犬好きの男優のインタヴューを思い出した。愛犬のジャーマン・シェパードと連れだって登場した男優は、にこやかにこう語った。

――ぼくは犬をリードにつないで散歩させるのが嫌いなんです。人間だって、首を紐でつながれて歩かされるのはいやでしょう。人間がいやなものは、犬にとってもいやなはずですよ。

半崎は憤慨《ふんがい》した。なんて屁理屈をこねるんだ。人間が紐でつながれずに歩いていいのは、むやみに吠えたり、他人に嚙みついたりしないからだ。

だが、男優はすぐにこうつけ加えた。

――でも、飼い主としてのマナーは守らなければなりません。（シェパードを指して）こいつは三ヵ月間、訓練所に入れて、絶対に人を嚙まないようにしつけてあります。だから、手放しで散歩させても安心なんですよ。

なるほど、と半崎は少し納得しかけた。しかし、つづく男優の話を聞くと、怒りを通りこして、あきれてしまった。

——犬ってのは、小さい子供を見ると、守ろうとする本能があるんですね。このあいだ、公園を散歩させていたら、向こうからベビー・カーを押した若いお母さんが来たんです。すると、こいつはいきなり走り出して、ベビー・カーに前足をついて、なかをのぞき込みました。そして、なかに赤ん坊がいると知ると、すぐに地面に降りたって、ベビー・カーを守るようなしぐさをしたんです。

この男はいったい何を考えているんだろう、と半崎は男優の神経を疑った。いきなりでかいシェパード犬に駆けよられて、ベビー・カーにのしかかられた母親の身になってみろ。怒り狂った母親が抗議したら、「ご安心ください。うちの犬は絶対に人を嚙みませんから」と笑顔で答えるつもりなのだろうか。

犬好きは犬嫌いの人間の存在をわかっていない、と半崎はつくづく思ったものだ。こういう非常識な感覚の飼い主がいるのでは、公園が犬の散歩禁止になるのも無理はない。

「きっとおとなしくて、気のやさしい犬なのよ。だから、リードをつけなくても安心なんだわ」

尚実がぽつりと言った。男優の話を思い出していた半崎は、つい大声を張りあげてしまった。

「おとなしかろうが、犬は犬だ。それに、他人が見ただけで、おとなしいかどうかわからないじゃないか。小さければつながなくていいという問題でもない。わたしは小犬だってこわいんだ」

「本当？」

陽子が目を丸くした。

「ああ、そうさ。犬嫌いってのは、そういうもの……」

半崎は言葉を途中で呑み込んだ。突然、尚実がテレビのスイッチを切り、リビングを出ていってしまったからだ。

「何か気にさわることを言ったかな」

半崎は呆然《ぼうぜん》と言った。

陽子は、困った人ね、という笑みを浮かべて、

「あなたが帰ってくる前ね、尚実が『小犬だったらお父さんもこわがらないかな』って訊いてきたのよ。あたしも『そうね、小犬ならお父さんも飼うのを許してくれるんじゃないかな』と答えたんだけど……どうやら無理みたいねえ」

4

「いいか、ちゃんと押さえていろよ」

「だいじょうぶですって。この子、とってもおとなしいし、人によく馴れてるわよ。ねえ、おまえ、あたしの旦那《だんな》に嚙みついたりしないよね」

「縁起でもないこと言うな」

半崎は二十メートルほど離れたところから、おそるおそる陽子と白い犬のほうに近づいていった。

土曜日の午後、半崎はついに光島に抗議することを決心した。

「犬を放し飼いにするな！」

と面と向かって言ってやるつもりだったが、そのためには光島家の玄関に行かなければならない。

しかし、門の前にはあの白い犬がつねに寝そべっている。

そこで、半崎は陽子に助けを求めた。先に光島家に行って、半崎が光島と話をするあいだ、しっかり犬を押さえていてくれ、と頼んだのだ。

半崎が見守るなか、陽子はじつに気軽に白い犬に近づいていった。ほんの十センチ足らずの距離まで寄ると、腰をかがめ、右手で犬の頭を撫でた。犬はアスファルトに腹をつけたまま、尻尾を振って、陽子の愛撫《あいぶ》を歓迎した。

陽子は犬の脇にしゃがみ、首輪のあたりをまさぐると、右手を軽く首にかけた。そして、これでだいじょうぶ、と半崎にあっさり言ってのけた。

半崎としては、両手でしっかり押さえつけるなりしてほしかったのだが、これ以上、妻に臆病者と思われるのも耐えられなかった。しかたなく、できるだけ平気なふりを装いながら、光島家の玄関口に歩みよっていった。

前を通りすぎるとき、犬は半崎を値ぶみするように見上げていたが、吠えかかる様子はなかった。

間近で見ると、なんともとぼけた顔をした犬だった。片方の耳が垂れているし、白い毛が頬《ほほ》のところでふさになっていて、まるで明治時代の軍人のひげのようだ。土とほこりに薄汚れた背中を陽子に撫でられると、口を半開きにし、赤い舌をのぞかせて、じつに気持ちよさそうな顔つきになった。陽子の言うとおり、おとなしい犬なのかもしれない。

半崎は、「光島信一」という表札がついたカーテン式の門をすばやく開閉し、正方形の石が敷きつめられた、なだらかな傾斜を進んだ。

新築まもない二階建ての光島宅は、壁の白い断熱タイルも大きな木の扉も汚れひとつなく、まるで住宅会社のモデル・ハウスのように見えた。いまのところ生活感は皆《かい》無《む》だが、二、三ヵ月もすれば、半崎の家同様、人間が住んでいる温かみがついてくるだろう。

尚実の言っていたとおり、玄関の脇に犬小屋があった。白い壁に赤い屋根。小屋のそばに立ったポールには、鎖も結びつけられている。間違いなく、この家では犬を飼っている。

入口の上に「シロ」と名前が入っていた。あの白い犬の名前だとしても、おかしくはない。

半崎はドア・チャイムを鳴らした。

鍵《かぎ》を開ける音がして、ドアが開いた。

顔を出したのは光島だった。

光島は、すぐに門の前にいる犬を見つけたらしく、けわしい表情になった。半崎の家にあいさつに来たときは、あれだけにこにこしていたのに、よほど犬が嫌いなのだろうか。

いや、犬嫌いの家に犬小屋があるわけがない。たぶん、その白い犬を特に嫌っているだけなのだろう。

光島は半崎のほうを向いた。不審そうな目つきで、じろじろ見つめると、

「なんの用ですか」

「わたしは三軒先に住んでいる半崎という者ですが」

半崎は礼儀正しく切り出した。

「あなたが飼ってらっしゃる犬の件でお話があるんです」

「犬なんか飼ってませんよ」

光島はぶっきらぼうに答えた。

「だって、犬小屋があるじゃないですか」

半崎は玄関脇を指さして、

「それに、あの白い犬は一日じゅう、あなたの家のまわりをうろうろしている。あなたの飼い犬なんでしょう？」

「犬なんか飼ってないって言ってるだろうが」

光島はいらいらした顔つきになっていた。

「ごまかしてもだめだ。あなたが犬を放し飼いにしているせいで、わたしは大変迷惑

を……」

そのとき、白い犬が突然、前足を立てて、立ちあがろうとする気配を見せた。

「しっかり押さえておけよ！」

半崎と光島は完璧なユニゾンで叫んだ。陽子に向けた人差指まで、ぴったり方向がそろっていた。思わずふたりは互いの顔を見合わせた。

「とにかく、あれはうちの犬じゃないんだ。あんたが困ってるなら、保健所を呼ぶなりなんなりしろよ。そのほうがうちも助かるんだから」

光島はいらだちを隠せない表情でそう言いはなつと、ドアを閉めた。鍵をかける音が響いた。

「無礼なやつだな」

半崎はそうつぶやき、門を振り返ると、

「陽子、頼むから両手で押さえていてくれないかな」

と、妻に懇願《こんがん》した。陽子は両手で白い犬の前足を押さえた。

「よし、もういいぞ」

半崎が陽子に告げたのは、犬からふたたび二十メートル離れたときだった。陽子は犬の頭を二回ほど叩いてやると、半崎のほうに悠々と歩みよってきた。

「どうやら、光島さんちの犬じゃないようだな」

自宅に帰りながら、半崎は陽子に言った。光島は半崎と同じく、根っからの犬嫌いに見えた。

「光島さんちの犬よ」

陽子がつぶやくように答えた。

「どうしてわかる？」

「首輪に名前と住所が書いてあったもの。名前はシロ、住所は光島さんちのもの」

「じゃあ、どうして『うちの犬じゃない』なんて言うんだ？」

半崎は首をひねった。

「たぶん、あの子、捨てられたのよ。山に捨てたけど、戻ってきちゃったんじゃないかな」

陽子はさびしそうな表情になっていた。

「子犬ならわかるけど、あんな大きな犬を捨てるなんてことがあるのか」

半崎がとまどいを隠せない表情でそう訊くと、陽子は半崎の顔をちらりと横目で見て、

「あなた、犬嫌いだけあって、犬のこと、なんにも知らないのね。よくあるのよ、犬

を飼っていたけど、歳をとったり、邪魔になったから山に捨てることはね。あのシロって犬、たぶん十歳をこえているわ。もうおじいさんね。だから、捨てられたんでしょう」

「捨てたって、家に戻ってくるだろう。犬には帰巣本能があるというじゃないか。実際、あの犬もちゃんと帰ってきたわけだし」

「だから、木につないでおくのよ」

陽子は目にかすかな怒りの色を浮かべて、

「自動車で山奥に連れていって、戻ってこないように鎖で木に縛りつけておくの。あとは、そこで勝手に飢《う》え死にしてちょうだい、ってわけ」

「なんだって？」

半崎はびっくりした。飼い主は犬に無償の愛情を注《そそ》いでいるとばかり思っていた。そんな残酷な仕打ちをするとは、想像もしていなかったのだ。

そして、小学校時代のもうひとつのいやな記憶が浮かんだ。

「首輪のすぐ後ろのところで、鎖がちぎれてたわ」

陽子が話をつづけていた。

「たぶん、必死で引っぱったんでしょうね。首輪がすれて、首のまわりが血だらけになってた。そうやって、死ぬ思いでご主人様のところに戻ってきたら、向こうは家にも入れてくれず、うちの犬じゃない、とおっしゃるわけよ」

「ひどいことをする。そんなことをするやつは許せないな」

半崎は下唇《したくちびる》を噛んだ。

陽子がおもしろがるような表情で、半崎の顔を見つめて、

「あなた、犬嫌いじゃなかったの？」

と訊いた。

こいつも犬嫌いを誤解している、と半崎は思った。

「犬が嫌いなのと、犬が憎いこととは別なんだ。わたしはべつに、犬なんか皆殺しにしろ、と思っているわけじゃない」

そう説明したら、いやな思い出も話したい気持ちになった。

「わたしが小学校五年生のとき、学校からの帰り道に子猫が捨てられていたことがある。ひどいどしゃ降りの日でね。段ボール箱のなかの子猫もびしょ濡れだった」

いまでも半崎はその光景を鮮明に覚えていた。ただでさえやせほそった子猫が、濡れた毛が体に貼りついたせいで、骨と皮だけに見えた。小さな顔の半分くらいを占める両目を大きく見開いて、子猫は暗くけぶった空と降りかかる冷たい雨粒に抗議する

かのように鳴き叫んでいた。

「拾ってあげたの？」

「拾えなかった。猫は苦手なんだ。こわくて、抱きあげることもできない」

半崎は小声になっていた。

「あなた、猫までこわいの？」

陽子は半崎の顔を呆然とながめた。この分だと、愛想《あいそう》をつかされる日も遠くないかもしれない。

「そうさ。だから、拾えなかったんだ」

半崎は吐き捨てるように言うと、

「しかたがないから、持っていた傘《かさ》をかけてやった。ずぶ濡れになって家まで走って、『傘をなくした』と言ったら、おふくろにぶん殴られた」

「あのお義母《かあ》さんなら、そうするでしょうね」

陽子は五年前に亡くなった姑《しゅうとめ》の顔をひさしぶりに思い出したようだった。

「わたしは誰か猫好きの人がそいつを拾ってくれることを願っていた。しかし、翌日、同じ道を通ると、そいつはもう死んでいた」

半崎は黙り込んだ。陽子は夫のほうを向いて、

「しかたがないわよ。猫嫌いのあなたにできるだけのことをしたんだから」

「そうかな？　どこのどいつがやったか知らないが、子猫の死骸《しがい》は段ボール箱ごと、ゴミ捨て場に捨ててあったんだ。わたしの傘といっしょにね」

半崎は思いつめたような表情になっていた。

「わたしはせめてそいつをどこかに埋めてやりたいと思った。でも、できなかった。生きた猫もさわれないのに、死んだ猫を持ち運べるわけがない」

話を終えて、半崎はふたたび沈黙した。陽子はその横顔をしばらく見つめていた。

そして、いきなり右腕にしがみついてきた。

「なんだ？」

半崎はびっくりして声をあげた。

「安心したわ」

陽子は笑った。

「自分に男を見る目があったことがわかって」

5

日曜日の午前十一時すぎ、パジャマ姿の半崎が二階の寝室からリビングに降りてくると、尚実が椅子《いす》に坐《すわ》っていた。

「珍しいな。今日は遊びに行かないのか」

半崎はそう言って、ソファに腰を下ろした。尚実はちょうど父親を毛嫌いする年ごろにさしかかっていて、休日には、できるだけ顔を合わせないように行動するのがつねだった。

リビングの大型テレビは消えたままだった。すると、見たいテレビがあったわけでもないわけか。

いやな予感がした。

「もしかしたら、お父さんを待っていたのかな？」

おそるおそる、尚実に訊いた。

「ええ」

尚実はうなずいて、父親に思いつめたような視線を向けた。

「お父さんにお願いがあるの。犬を飼ってもいいでしょう？」

やはりそうか。半崎は天をあおいだ。

もちろん「だめだ」と突っぱねるのは家長の権限として許される行為だ。しかし、これ以上、娘に嫌われたくないという気持ちのほうが強かった。

半崎はしぶしぶ妥協することにした。

「いいよ。ただし、小さな犬にしてくれよ」

すぐに気づいて、あわてて条件をつけ加えた。

「いまは子犬でも、将来でかくなるようなやつはだめだぞ。それから、いくら小型犬だからといって、家のなかで飼うのだけは絶対に許さんからな」

「あたしが飼いたいのはシロなのよ」

「シロ？」

「光島さんちの前にいる白い犬」

「ああ、あいつか」

半崎はすぐに犬の姿を思い出して、

「あんな大きな犬を飼いたいって？」

「だって、あのままじゃシロ、死んじゃうわ」

尚実は懸命に訴えた。

「ずっと光島さんちの前にいて、なんにも食べてないのよ。いまもお母さんとパンを持っていってあげたんだけど、体にさわってみたら、肉が落ちて、あばら骨が浮かびあがってるの。それでも、光島さんちから離れようとしないのよ」

　半崎はシロという犬があわれになった。山に連れていかれ、鎖で木につながれて捨てられたというのに、まだ飼い主が恋しいのだろうか。野良犬になって暮らすよりも、わが家の前で餓死することを選んだのか。

「ねえ、うちで飼ってあげていいでしょう？　お父さん、お願い」

　尚実の目が涙に光っていた。娘に泣かれると、父親は弱い。

　しかし、大型犬を家に入れるというのは、どうしても抵抗があった。

「ちょっとだけ待ってくれ」

　半崎はソファから立ちあがると、尚実にそう言った。

「これから出かけてくる。そうだな、十分ほどで戻るから、返事はそのときするよ」

　半崎はスエットにサンダル履《ば》きという軽装で、路上に立ちつくしていた。

　視線の先、光島家の門前には、あいかわらず、あのシロという名の犬が坐っていた。

　陽子も尚実も、人に馴れたおとなしい犬だと言っていた。昨日、半崎がすぐ近くで見たときも、むやみに吠えたり、嚙みつこうとする犬には見えなかった。

だが、あのときは犬好きの陽子がいっしょだった、と半崎は思いなおした。わたしひとりで近づいても、あいつはおとなしくしているだろうか。なにしろ、犬というやつは、相手が自分のことを好きか嫌いか、ひと目で判別してしまうのだ。犬嫌いの半崎が近づいても、おとなしくしていると確認できないかぎり、あの犬を家に入れるわけにはいかない。

半崎は、われとわが身を危険にさらして、実験してみるつもりだった。勇気をふりしぼって、犬に向かって歩き出した。他人に見られたら、笑われるに違いない。日曜日の昼間、住宅地の道路を、大の大人がへっぴり腰になって、抜き足さし足で歩いているのだから。

犬との距離がだんだん詰まってきた。シロは半崎にはまったく無関心な様子で、そっぽを向いて、あくびをした。

これならだいじょうぶかな、と半崎は安堵した。やっぱり気のいい犬なのだろう。

だが、油断したのがまずかった。

光島家の門前にさしかかり、シロからできるだけ体を遠ざけて、塀すれすれを通り抜けようとしたときだ。シロがいきなり立ちあがって、半崎のほうを向いた。

半崎の足が止まった。塀に背中をつけて、シロを見つめた。

後々になっても、このことだけは誰にも話さなかったのだが、その瞬間、半崎の目には、シロがにやりと笑ったように見えた。ばかばかしい。犬が笑うわけがない。こわいこわいと思っているから、そんなふうに見えただけだろう。

突然、シロは半崎に向かって吠えはじめた。

何が人に馴れた犬だ。半崎は足が震えるのを感じながら、犬好きの意見を信じた自分を呪った。やっぱり犬はけだものだ。

シロは前足を突っぱって、半崎に容赦なく吠えたてた。昨日はとぼけた顔と思った表情が一変していた。目はつり上がり、口を大きく開けて、牙《きば》を剝き出しにしていた。背中の毛が逆立っていた。

こいつは本気だ。半崎は恐怖に襲われた。本気でわたしを嚙むつもりだ。

半崎は急いで逃げ出そうとした。だが、右に行っても、左に行っても、シロはすぐに回り込んで、半崎の退路を断った。そして、半崎の顔をにらみつけて、なおも激しく吠えた。

半崎は光島家の門に追いつめられていた。

「な、なあ、おまえ」

半崎は両手を前に出して、必死にシロをなだめようとした。

「おとなしくしてたら、おまえを飼ってやろうと思ってたんだぞ。おまえだって、こんな薄情な飼い主の家の前で死ぬのはいやだろう？　だから、頼むから、吠えないでくれよ」

しゃべっているうちに、自分でばかばかしくなってきた。犬相手に懇願して、なんの役に立つだろう？

なんの役にも立たなかった。

シロはいっそう大きな吠え声をあげると、半崎に飛びかかろうとするしぐさを見せた。

半崎は悲鳴をあげた。小学生のときの恐怖が頭を駆けめぐり、がまんできなくなって、光島家の門を開くと、なかに逃げ込んだ。

飛び込むなり、すぐにカーテン式の門を閉じて、シロを閉め出そうとしたのだが、一瞬遅かった。シロは門扉と門柱のあいだに頭をすべり込ませ、強引に通り抜けた。

半崎は光島家の玄関に走りより、ドア・チャイムを押した。シロはすぐ後ろにせまっていた。迷惑も考えず、つづけさまにチャイムを鳴らし、ドアをこぶしで叩いた。

「なんだ、うるせえな」

ドアが開いて、光島が顔をのぞかせた。

「また、あんたか。いいかげんにして……」

半崎の顔を見て、面倒くさそうな口調で言いかけた言葉が、途中でとぎれた。光島は両目を見開き、真っ青になった。

シロがひときわ大きな咆哮《ほうこう》をあげ、ドアに突進してきた。

光島は即座にドアを閉めようとした。だが、こんな猛獣のいるところにひとり残されてはたまらない。半崎は決死の形相で光島にあらがい、無理やりドアを開けると、家のなかに飛び込んだ。

ふたりは重なるようにして、玄関にころがった。

まだ開きかけのドアのすきまから、シロが頭をねじ込もうとするのが見えた。

半崎と光島は一斉《いっせい》に立ちあがり、ドアに飛びつくと、力いっぱい閉めた。半崎が鍵を下ろし、光島がチェーンをかける。みごとな連係プレイだった。

「これでひと安心だ」

半崎は胸を撫でおろした。

「ば、馬鹿野郎！　あのクソ犬を連れてくるやつがあるか！」

光島が顔を真っ赤にして怒鳴った。

「連れてきたんじゃない。襲われたんだ」

「せっかく閉め出しておいたのに、敷地のなかに入っちまったじゃねえか。おれは犬が大嫌いなんだ！」

光島は両手で髪をかきむしりながら、そう叫んだ。

犬嫌いがどうしてあんな凶暴な犬を飼おうなどと思ったのだろうか。半崎は内心首をかしげた。それに、引っこしのあいさつのときの印象では、光島はこんな乱暴な口のきき方をする男には見えなかった。

「それに、あんたまで家のなかに入ってきやがって。とっとと出ていけよ」

光島は怒り狂った表情で、半崎につめよった。

半崎もこんな無礼な隣人の家に長くとどまる気はなかった。犬も犬なら、飼い主も飼い主だ。一秒でも早く立ち去りたかった。

しかし、玄関にはあの犬がいる。

半崎はドア・スコープに片目をあてて、外をうかがった。

シロはドアの前をうろうろしていた。まだ興奮はおさまっていないらしく、毛が逆立ったままだ。

玄関から出ていくのは、シロくん、どうぞお嚙みください、と頼みに行くようなものだ。半崎は古代ローマの奴隷《どれい》ではない。ライオンの待ちかまえる闘技場に足を踏み入れて、ローマびとの休日のために食い殺されなければならないいわれは、まったくなかった。

半崎は光島家の廊下《ろうか》に上がると、脱いだサンダルを拾いあげた。

「お、おい、あんた、どこ行くつもりだ」

光島があわてた声を出した。

「出ていくのさ。裏口から帰らせてもらうよ」

と、半崎は答えた。

「困るよ。他人の家に勝手に上がり込むな」

光島は半崎の前に回り、制止しようとした。半崎はその手を押しのけると、光島の顔に人差指を突き出した。

「あんたも犬嫌いならわかるだろう。あんな猛犬のいる玄関から外に出られるか！」

半崎はそう言いはなって、廊下を歩き出した。だが、すぐに妙な臭いをかぎつけ、鼻にしわをよせた。

「それから、生ゴミくらいちゃんと始末しろよ。まったく、近所づきあいのマナーを心得てもらわないと……」

半崎の足が止まった。

異臭を放っていたのは、生ゴミではなかった。

階段から廊下にかけて、乾いた赤い帯がのびていた。まるで、真っ赤に濡れた物体を引きずった跡のようだった。

半崎はその帯のつづく先に視線を向け、驚きのあまり、右手に持っていたサンダルを落としてしまった。

そこはリビングだった。

大型テレビ、ソファ、テーブル、キャビネット。半崎家のリビングと大差ない調度品が並んでいた。

だが、リビングにあるはずのないものも置いてあった。それも三つも。

インド風の模様が入ったカーペットの上に、三つの死体が横たわっていた。中年の男、中年の女、そして高校生くらいの少年。死んでからかなり時間がたっているらしく、衣服を染めた血は朱色に乾き、顔や手足は紫色に変色していた。

苦痛と死後の変化で歪《ゆが》んではいたが、中年の男の顔には見覚えがあった。半崎の家ににこにこ顔でやってきた男、この家の主人、光島信一《しんいち》だった。

「だから、上がるなって言っただろうが」

背後から低い声がかかった。

振り向くと、光島だと思い込んでいた男が、憎しみにみちたまなざしで半崎をにらみつけていた。右手にナイフを握《にぎ》っている。

「おれの邪魔ばかりしやがって、まったくむかつく野郎ばかりだぜ。兄貴も、あのクソ犬も、そしてあんたもな」

男は廊下に唾《つば》を吐いて、半崎にゆっくり近づいてきた。

半崎は後ずさりして、死体のあるリビングに入っていった。

男は半崎の顔を見すえ、刃渡りの長いナイフを振りかざした。酷薄そうな笑みが唇に浮かんだ。

だが、その笑みが驚愕の表情に一変した。

野獣の咆哮が響きわたった。

半崎が後ろを向くと、庭に面したガラス窓を突き破って、シロがリビングに飛び込んできた。ガラスの破片が飛びちり、半崎は思わず頭をかかえて床にしゃがみ込んだ。

シロは足にガラスが刺さるのもかまわず、男に突進した。

男は目に見えて恐れおののいていた。手にしたナイフを左右に振りながら、リビングを出て、廊下の壁に背中をつけた。

「よせよ。頼むから嚙まないでくれ！」

シロはふたたび咆哮した。半崎までぞっとしたほど、殺気がこもった、恐ろしい声だった。男は廊下にへたり込んで、泣き叫びはじめた。

「お、おい、あんた」

おびえる子供のような顔で半崎を見て、

「頼むから、このクソ犬をなんとかしてくれよ。おれは犬はだめなんだよ。お願いだ！」

「悪いな」

半崎は立ちあがり、スエットの肩からガラスの破片をはたき落とすと、

「わたしも犬は大嫌いなんだよ」

そして、一一〇番に通報するため、光島家の電話を探した。

6

半崎が光島信一と思い込んでいた男は、信一の三つ違いの弟、健二《けんじ》だった。

兄とは異なり、素行《そこう》が悪く、四十歳近くになっても無職のまま、ぶらぶらしていた

た。

健二は、信一が一戸建ての住宅を建てたと聞きつけて、新築祝いの名目でやってきた。

実際は兄に金をせびることが目的だった。しかし、信一は弟の頼みを断った。かっとなった健二は、持っていたナイフで兄を刺殺し、騒ぎ出した妻と息子まで殺してしまった。

それが先週の水曜日のことだった。

「すると、四日間もこの家にいたのか？」

半崎の通報を受けて、光島家にやってきた私服刑事は、健二の話を聞くと、不思議そうな表情になった。

「なぜ、すぐに逃げなかったんだ」

「犬がこわかったからです」

健二はうなだれて答えた。

私服刑事は一瞬、健二が何を言っているのか、理解できなかったようだ。

実の兄とその家族を惨殺《ざんさつ》し、死体のころがる家に四日間も平然と寝泊まりしていた男が、犬がこわいだって？

最初のうち、刑事は健二の言葉を信じなかった。本気で言っているとわかると、正気を疑うような顔つきになった。

刑事がそう思うのも、無理はない。光島家の門前に腹ばい、陽子が持ってきた肉をたらふく食ったあと、尚実の愛撫に目を細めているシロは、とてもではないが、凶悪な殺人犯をおびえさせる猛犬には見えなかった。

たぶん、この男の気持ちがわかるのは、わたしだけだろう。半崎は思った。そして、健二に向かって吠えたてたときの、あの殺気にみちた顔つきを思い出して、身震いしそうになった。

あの顔で、鎖を引きちぎるところを見たら、犬嫌いの人間が家から外に出ようなどと考えるわけがない。

光島家の家族を殺害したあと、健二は金品を物色し、すぐに逃げ出そうとした。シロはこわかったが、来訪したときはおとなしかったし、鎖でつないであるから、だいじょうぶだと思っていた。

だが、玄関から出ようとしたとき、シロは健二に猛然と吠えかかった。水曜日の夜、半崎が聞いたのは、このときの鳴き声だった。ひるんだ健二が立ちつくしていると、シロは何度も何度も前に飛び出し、とうとう鎖を引きちぎってしまった。

こいつ、鎖をちぎりやがった！　健二はパニックにおちいった。襲いかかってくるシロからのがれて、家のなかに舞い戻らざるをえなかった。

もちろん、健二もそのまま光島家にとどまることを望んでいたわけではない。シロの裏をかいて、何度も逃走しようと試みた。

しかし、裏口から出ようとすると裏口に、玄関から出ようとすると玄関に、必ずシロがいた。健二には、シロが道路に出ているすきに門を閉めるのが精いっぱいだった。

家の敷地の外に一歩も出ることができず、いらいらしながら、四日間がすぎた。そこへシロに追われた半崎が逃げ込んできた、というわけだ。

健二は私服刑事に連れられ、パトカーで警察署に連行された。

事情聴取から解放された半崎が、光島家の外に出ると、陽子がシロとともに待っていた。

「しっかり押さえていてくれよ」

半崎は陽子にそう声をかけ、門を通った。

「尚実はどうした？」

「ホーム・センターに買い物に行ったわ」

「なんの買い物だ」

「首輪とか、散歩用のリードとか、餌《えさ》のトレイとか」

陽子はにこにこしながら答えた。

「おい、まさか……」

「あなた、自分の命を助けてくれたシロを飼うのはいやだとは言わないでしょうね？」

陽子は笑顔のまま、そう言った。半崎は何も反論できなかった。

結局、半崎はシロを飼うはめになった。

シロは夜鳴きもしないし、通行人にめったやたらに吠えかかることもなかった。陽子や尚実が散歩に連れていったとき、ほかの犬に威嚇されても、まったく動じなかった。公園で子供に頭を撫でられると、うれしそうに尻尾を振った。

半崎も文句のつけようがない、立派な飼い犬だった。

「とっても利口な犬なのよ」

と、陽子が言った。

「だから、光島さんを殺した犯人を家に閉じこめておいたり、あなたを使って犯人を追いつめたりできたんだわ」

「わたしを使って？」

「そうよ。シロにはドアを開けられないし、『こいつは人殺しだ』って告発することもできないでしょう？　だから、わざとあなたに吠えかかって、光島さんちのなかに入るように仕向けたのよ。あなたが死体を発見して、警察を呼ぶようにね」

「犬にそんな知恵があってたまるか」

半崎は不機嫌になって、

「そんなのは偶然だよ。あいつはわたしが犬嫌いなのを見抜いて、おもしろがって吠えただけだ」

わたしはシロの世話は何もしないからな、と半崎は最初から宣言していた。陽子と尚実はあっさり了承した。

たんなるひがみかもしれないが、どうも近ごろ、ふたりとも半崎よりシロのほうを大切に扱っているような気がする。高価なドッグ・フードを与えられ、シロはみるみる精悍《せいかん》な体つきになっていった。尚実の毎日のブラッシングのおかげで、白い毛なみもつやつやになった。

シロを無視して生活しようと決心しても、毎朝の出勤時にはいつも、庭先につながれているシロの姿が目に入った。そして、あの日のことが記憶によみがえった。

半崎にとっては、ナイフをかざした殺人犯よりも、殺人犯を追いつめたシロのほうがよほど恐ろしかった。

そんな思いを知ってか知らずか、シロのほうはあいかわらずとぼけた顔で、腹ばいになったまま、ちらりと半崎のほうを見て、軽く尻尾を振ってみせる。その様子は、半崎には、まるでこんなふうに言っているように見えた。

——あんたがおれのことを嫌いでも、こわくても、べつにかまわないんだぜ。おれを好きになってくれなくてもいいんだ。こうしてねぐらと食い物を与えてくれるだけで、十分感謝してるよ。じゃあ、いってらっしゃい、ご主人様。

もちろん、犬がそんなことを考えるわけがない。しかし、半崎は無性に腹が立ってくるのだった。

鬼ごっこ

1

作業服を着たまま、工事現場からアパートに戻ってくると、大家がドアを半分開いて、顔をのぞかせた。

「北沢《きたざわ》さん、留守中に電話があったわよ」

「誰からです」

「黒川《くろかわ》って人。朝から何回もかけてきて、迷惑したわ。いいかげん、部屋に電話引いてくれない？」

北沢は無表情のまま、大家の紫色《むらさきいろ》の髪の毛を見つめていた。

「なんて言ってましたか」

「とにかく戻り次第、電話してくれって。ちょっと、北沢さん、聞いてるの？　あたしは電話番じゃないんだからね」

北沢はふたたび安全靴《あんぜんぐつ》を履《は》き、木造アパートの外に出た。あたりはすっかり暗くなっていた。

狭い路地を抜けて大通りに出ると、北沢は電話ボックスに入った。十円玉を入れ、そらでプッシュボタンを押す。

「はい、玉堂《ぎょくどう》興産です」

くぐもった、若い声が受話器の向こうから返答した。ですます調でしゃべるのに慣れていない声だ。

「黒川を呼んでくれ」

「若頭……いや専務を？　あんた誰だ」

「北沢と言えばわかる。早く呼べよ、チンピラ」

若い声がぶつぶつ毒づきながら、遠ざかった。馬鹿野郎、若頭と言うなってあれほど言っただろ、という声が小さく聞こえ、

「北沢か」

黒川が電話に出た。

「ああ。連絡したそうだな」

「そうさ。とうとう見つけたぞ」

「高木《たかぎ》をか」

「あの野郎以外に誰を見つけるってんだ、ええ？」

「どこにいた」

「驚くなよ。神奈川県だ。こんな近くにいるとは、思いもよらなかったぜ。てっきり海外に高飛びしてるとばかり思っていた」

「国外に出るのは大仕事だ」

「そういえば、おまえも外国に行きたがってたよな、昔」

黒川はあざ笑うように言った。

「それが、いまは何やってんだっけ？　土方《どかた》か？」

「現場作業員だ」

「しゃれた名前で呼んでも、土方は土方だ。留学志望のエリートがおちぶれたもんだなあ、北沢よ」

「そういうおまえはヤクザだろうが」

北沢は低く押し殺した声で答えた。

「いやいや、会社役員だよ。なんなら、名刺を見せてやろうか」

黒川はため息をついて、

「まあ、いいさ。高木さえつかまえれば、ヤクザ稼業《かぎょう》も終わりだ」

「どうやってつかまえる」

「明日、寝込みを襲う。やつはプータロー、おまえさん流にいえばフリーターってやつで、狭苦しいアパートに住んでる。いまのバイト先は夜間警備員だから、朝はぐっすりおやすみ中のはずさ」

「誰が行くんだ」

「松岡《まつおか》と兵藤《ひょうどう》は連絡がつかなかった。たぶんどこかで高木を探し回ってるんだろう。だから、おれとおまえと安原《やすはら》でやる」

「おたくの兵隊さんは使わないのか」

「あたりまえだ。これはおれたちの仕事だぜ。そんなことくらい、わかってるだろう」

「そうだったな。おれたちの仕事だ」

「午前三時に、うちの事務所へ来い」

「わかった」

電話が切れた。

北沢は公衆電話にもう一枚十円玉を入れて、仕事先の建築下請《したう》け会社に電話し、退職を願い出た。突然そんなことを言われても困る、明日も仕事があるんだ、と相手はあわてたが、無視して電話を切った。

アパートに戻ると、大家は何を言ってもむだとあきらめたらしく、ドアを固く閉ざしたままだった。

北沢は急な階段を二階に上がり、四畳半の部屋に入った。畳《たたみ》の中央に布団《ふとん》が敷《し》きっぱなしになっており、枕元に目覚まし時計、そして壁には数点の着がえがぶら下がっていた。それ以外は何ひとつない、殺風景な部屋だった。

灯《あか》りも点《つ》けないまま、北沢は作業服を脱ぎ捨てて全裸になり、濡《ぬ》れタオルで体の汗をぬぐった。Tシャツとジーンズに着がえると、目覚まし時計をつかみよせて、布団の真ん中にあぐらをかいた。夜光塗料で青白く光る時計の針を見つめながら、北沢はじっと夜を待った。

2

「時間ぴったり。さすがだな」

路上に停めた車の窓から顔を出して、黒川が言った。

北沢は値踏みするような視線で白いワゴン車をながめると、

「ヤクザは黒い外車に乗るもんじゃないのか」

「おまえ、映画の見すぎだよ」

黒川は笑った。

「安原はどうした」

「まだ来てない。車のなかで待つか」

「ここでいい」

北沢はワゴン車によりかかり、ジーンズのポケットから煙草《たばこ》を取り出して、火を点けた。煙を吐《は》きながら、深夜の大通りをながめる。さすがに平日のこんな時間帯では、通りすぎるのは客を探すタクシーばかりで、道は比較的空いていた。歩道にも人通りはほとんどない。

黒川が車を降りて、北沢の隣にやってきた。長身にブランド品らしい白のコートがよく似合っている。鋭角的な顎《あご》を横切る薄い 唇《くちびる》は、始終にやにや笑いを浮かべていたが、縁なし眼鏡《めがね》の下の瞳は笑っていなかった。組員になって身についた習性ではない。北沢の知るかぎり、黒川はずっとこういう男だった。

「さすがに十月ともなると冷え込むな」

コートの襟元《えりもと》を両手で押さえて、黒川はそうつぶやいた。ジャンパーの前を大きくはだけ、Tシャツをのぞかせている北沢を横目でながめると、

「おまえ、そんな格好《かっこう》で寒くないのか」

「ああ」

北沢は黒川のほうも向かず、そっけなく答えた。

「鍛《きた》えてんだな」

黒川の口調は感心しているのか、からかっているのか、わからなかった。

やがて、一台のタクシーがワゴン車のすぐそばに停まり、後部座席から、額《ひたい》の禿《は》げあがった小男が降りてきた。まんまるに肥満した体を、量販店で買ったらしい鼠色《ねずみいろ》のスーツに押し込んでいた。

「悪い、遅くなった」

安原は頭をかきながら、ふたりに近づいてきた。黒川は腕時計を見て、

「十五分の遅刻か。ま、おまえにしては上出来だな」

「遅刻した理由を聞かないのか」

安原はへらへら笑いながら言った。

「おまえの嘘は聞き飽《あ》きたよ」

黒川は歩道に唾《つば》を吐いて、

「さあ、ふたりとも早く乗れ」

北沢は助手席に、安原は後部座席に乗り込んだ。黒川は乱暴にワゴン車を発進させた。

「おい、安原、後ろに積んである荷物を出しとけよ」

黒川が振り向きもせずにそう命じた。

「おお、わかった」

安原は、座席に立てかけてある細長い包みの紐《ひも》をほどきはじめたが、すぐにすっとんきょうな声をあげた。

「なんだ、こりゃ」

包みのなかからあらわれたのは、バール、ワイアカッター、スパナ、ひと振りの日

本刀、そして二丁の自動拳銃《じどうけんじゅう》だった。

「銀行強盗でもやる気か」

安原はあきれて言った。黒川はその言葉を無視して、

「北沢、おまえ、チャカ使ったことあるか」

と訊いた。

「チャカ？　ああ、拳銃のことか」

北沢は苦笑した。

「あるわけないだろ」

「悪いな、日本刀は一本しか手に入らなかったんだ。おかしな話だぜ。ほんの二百五十年ほど前までは、刀さして歩いてるやつが普通だったってのに、いまじゃ本当に切れるやつを手に入れるのは、ひどく難しい。ロシア製のチャカのほうがよっぽど簡単に買える」

黒川は高笑いしながら、アクセルを踏んだ。すれすれを追い抜かれたタクシーがクラクションの怒声を響かせた。

「日本刀持つのは安原のほうがいいだろう。なあ、安原」

「こいつはまがいものだ」

安原は日本刀を鞘《さや》から半分ほど抜いて、顔をしかめた。

「こんなの、包丁《ほうちょう》と変わらんよ」

「切れりゃいいだろうが」

黒川は吐き捨てるように言うと、北沢のほうを向き、

「だから、おまえはチャカだ。わかったな」

「どうやって撃てばいい」

「簡単だ。両手でしっかり握《にぎ》って、引金を引く。近くから撃てば、必ず当たる。いちばんいいのは、銃口を体に押しつけて撃つことだ」

黒川は歯を剝《む》き出して、

「素人《しろうと》は間違っても片手で撃とうなんて考えるなよ。手首くじくのがオチだぜ」

「専門家の意見は尊重するよ」

と、北沢は答えた。

3

首都高から東名を抜け、一般道に降りて、高木が隠れ住んでいるという海岸近くの

小都市に到着したときには、東の空が紅色《くれないいろ》に染まりかけていた。しかし、薄闇につつまれた街は、まだ目覚めてはいない。路上に人影はなく、ただ数羽の鴉《からす》が電柱の脇にむらがって、餌《えさ》の詰《つ》まったゴミ袋が出されるのを待ちわびているだけだった。

「あのアパートだ」

黒川はワゴン車を静かに停めると、フロントウィンドウごしに、五十メートルほど先の鉄筋アパートを指さした。鉄製の階段の上、吹きさらしの通路に、薄汚れた灰色の扉《とびら》が一列に並んでいる。

「右から三番目、二〇三号室に、高木がいる」

「あんなところに隠れていて、よく見つけられたな」

安原が後部座席から身を乗り出して、感嘆するように言った。

「餅《もち》は餅屋さ。おれがなんのために組に入ったと思ってんだ」

「しかし、いくら暴力団の情報網がすごいといったって……」

「高木の写真を全国に流したんだ」

「そうか、あいつ、写真があったんだ」

安原は納得がいったという顔をしたが、すぐに思いなおしたらしく、

「でも、あんな古い写真で、だいじょうぶだったのか」

「本当にこの写真の男を探すんですか、って言われたよ」

黒川はうんざりした口調で、

「いいから、何がなんでもこの顔の男を探し出せ、と答えた。それでも三年かかった」

「三年ですんだのなら、ましなほうだ」

と、北沢が言った。

「そんな回状を出せるほど、組で出世するまで、何年かかったと思う？　さんざん汚い仕事をやらされたぜ。あの野郎、手間どらせやがって……」

「あの野郎、手間どらせやがって」

三人はしばらく無言のまま、それぞれの思いにふけっていた。やがて、黒川が言った。

「行くぞ」

黒川は自動拳銃をベルトの前に差し、右手で握ったバールの先を肩にかついで、ワゴン車を降りた。日本刀を持った安原がつづいた。北沢は少し考えて、自動拳銃をジーンズの尻ポケットに突っ込むと、ふたりのあとを追った。

誰もいない早朝の街路を、三人はゆっくり歩いていった。奇妙な光景だった。バールを持った暴力団風の男。日本刀を下げたサラリーマン風の男。ジャンパーとジーンズ姿の体格のいい若者。まったく不釣り合いな組み合わせだった。

「安原、おまえは裏に回れ。北沢はおれといっしょに来い」

アパートの下まで来ると、黒川は簡潔に命じた。安原はうなずいて、アパートの裏手に向かった。

黒川を先頭に、鉄製の階段を上った。ペンキの剝《は》げかけた階段は一歩踏み込むごとにきしった。

二〇三号室の前にたどり着くと、黒川は扉に耳をあてて、なかの様子をうかがった。

「まだ寝てるようだ」

唇の端を歪《ゆが》めて笑い、

「寝汚《いぎたな》い野郎だ。すぐに起こしてやる」

黒川はバールを大きく振りあげ、錠前と壁の隙間《すきま》に叩き込んだ。大きな衝撃音が響いた。黒川は革靴の底でバールの尖端《せんたん》を深く蹴《け》り入れ、力をこめてドアノブをへし折ろうとした。

音をたてて錠前がちぎれ飛び、ドアノブの芯《しん》が曲がったが、扉は開かなかった。

「ちくしょう。もうひとつ鍵をつけてやがる」

黒川が罵った。

扉の向こうから、小さなうめき声が聞こえた。あわてふためきながら、室内をうろつき回っているような騒がしい物音がする。

「高木が目を覚ました」

北沢が言った。

「わかってるよ」

黒川はバールを脇にかかえて、指で扉をまさぐりながら、

「もうひとつの鍵はどこだ」

そのとき、奥隣の二〇四号室の扉が乱暴に開けはなたれた。赤ら顔をした中年男がランニングシャツにステテコ姿であらわれた。

「おまえら、いま何時だと思ってんだ」

そう怒鳴《どな》ったが、バールで隣室の扉を壊している二人組を見て、目を剝いた。

「いったい、何やってやがる」

黒川は中年男のほうをちらりと見ると、無造作《むぞうさ》にバールで横殴《よこなぐ》りにした。ゴツ、と鈍い音をたてて、バールは男の側頭部に食い込んだ。男は顔面から壁に叩きつけら

れ、ずるずると廊下《ろうか》にくずれ落ちた。コンクリートの表面に赤い汚れが残った。

「急げ、黒川」

北沢が言った。

「わかってるよ」

黒川はふたたび扉を探り、歓声をあげた。

「あったぞ」

バールを振りかざし、錠を砕《くだ》いた。

扉を蹴破って、ふたりは室内に飛び込んだ。

「高木、やってきたぞ」

黒川が叫んだ。部屋のなかでは、あわてて着がえたらしく、上下ふぞろいのトレーナー姿の狐顔の男が、おびえた表情を浮かべていた。奥のガラス窓を大きく開き、鉄《てつ》柵《さく》を乗りこえようとしているところだった。

黒川がバールを投げた。高木は急いで窓の外に消えた。バールが窓ガラスに突き刺さった。

土足のまま畳を横切り、黒川は窓から身を乗り出した。アパート裏の路地に安原が立っているのが見えた。

「窓から逃げたぞ」

黒川は大声で言った。

「安原、逃がすんじゃないぞ」

だが、安原は焦《あせ》った表情で両手を振り回していた。鞘に入った日本刀で、アパートのほうを指し示している。

黒川はその方向を見た。高木が壁づたいに隣室に渡り、窓ガラスを破って、なかにころがり込んだところだった。

「北沢、隣だ。隣に逃げたぞ」

黒川は振り返って声をあげた。

北沢は即座に廊下に飛び出し、階段側の二〇二号室に向かった。だが、遅かった。北沢の目の前で扉が開き、高木がパジャマ姿の若い優男《やさおとこ》をふりほどいて、階段に走った。

「泥棒、泥棒だぞ」

優男は高木の後ろ姿に向かってそう叫ぶと、振り向いて北沢を見た。

「朝っぱらから泥棒だよ」

肩をすくめ、

「いきなり窓から入ってきやがって」

北沢は優男の襟を両手でつかむと、高木めがけて投げ飛ばした。優男は奇声をあげ、頭から階段をころがり落ちた。だが、高木は一瞬早く階段を抜けて、通りに駆け出していった。その姿に気がついたらしく、安原がアパートの陰《かげ》から飛び出し、追いかけるのが見えた。

「くそ」

北沢は急いで階段を駆けおり、不自然に首をねじ曲げて倒れた優男の脇を通って、街路に走り出た。

4

「高木はいたか」

黒川がワゴン車を拾ってようやく追いついたとき、北沢と安原は一戸建て住宅の並ぶ四つ角に立って、あたりを見渡していた。

「どうしたんだ。見失ったのか」

運転席から降りて、黒川はふたりの顔を交互に見比べた。

「ああ」

安原が頭をかきながら、しぶしぶ答えた。

「この角までは確かに追いかけてきたんだが」

「この期《ご》に及んで、逃がしましたじゃすまねえぞ」

黒川は低くこもった声を出した。

「だいじょうぶだ。そんなに遠くには行っていない」

北沢が静かに言った。

「おまえも見ただろう。高木は裸足《はだし》だった」

「そうだ。靴は履いていなかった」

黒川は四方にひろがるコンクリート塀《べい》をながめまわした。

「アスファルトの上を、そんなに走れるもんじゃない。きっと、いまごろ足の裏はずるむけだ。高木はどこかに隠れてる。おれたちをやりすごそうとしてるんだ」

三人は手近の家に近づき、玄関先から敷地内を見た。シェパード犬が門の鉄柵に突進し、見慣れぬ男たちに向かって、獰猛《どうもう》な牙を剥き出しにした。

安原は日本刀の鞘を払うと、門の隙間から吠えたてる犬の口に深々と突き刺した。

犬はくぐもった鳴き声を漏らし、白目を剥いて全身を痙攣《けいれん》させた。

「ふむ」

安原は日本刀を引き抜き、血と汚物にまみれた刀身を検分した。

「包丁にしては、まあまあの切れ味だな」

スーツの袖で血糊をぬぐうと、安原は抜き身のまま、日本刀をぶら下げた。

「そうか、犬だ」

黒川が何か思いついたように、うなずいた。

「犬がいるところに隠れりゃ、吠え声ですぐわかる。手分けして、犬のいない家を探せ」

三人はその場で分かれて、立ちならぶ住宅を一軒ずつ調べていった。犬のいる門前は通りすぎ、なるべく静かな、隠れる場所の多そうな家を探した。

ある住宅の裏口をのぞき込んだ北沢は、庭の立木の陰にうずくまる高木を発見した。高木は木の幹に合わせて体を小さくし、玄関のほうをじっとうかがっていた。ふたつの門柱のあいだから、抜き身を下げた安原が街路を通りすぎるのが見えた。

物音をたてないように、裏口の門を注意深く開くと、北沢は庭に侵入した。体を低くして、高木にゆっくり近づいていく。

スニーカーの底で枯葉が小さな音をたててつぶれた。

高木は電流が走ったかのように背中をそらせ、振り向いた。北沢と視線が合った。

「高木、動くな」

北沢はジーンズの尻ポケットから拳銃を抜き、言われたとおりに両手でかまえた。

「もう逃げられないぞ」

高木はしばらく銃口を見つめていたが、やがてあざけるように言った。

「おまえ、拳銃なんて撃てるのかよ」

「黒川にたっぷり訓練してもらったさ」

北沢は嘘をついた。

「ほう、訓練ねえ」

高木は警告を無視して立ちあがった。

「よっぽどまぬけな訓練だったんだな。安全装置がかけっぱなしだぜ」

思わず拳銃に視線が行った。その瞬間、高木が飛びかかって、銃身を押さえた。銃声が鳴り響き、枯葉が四散した。

高木は北沢の頬《ほほ》を殴り飛ばすと、表門に駆け出した。

だが、そこには銃声を聞きつけた安原が立っていた。犬の血の染みがついた日本刀を正眼《せいがん》にかまえて、

「あきらめろよ、高木。おれもいいかげん飽き飽きしてるんだよ。もう終わりにしようぜ」

口調は軽かったが、安原の両目は殺気をおびていた。

北沢は折れた奥歯を吐き出すと、高木の背後に立ちあがった。拳銃を握りなおす。

「安全装置がかかっていないことは、もうわかったよ」

高木は血走った目を前後に向けながら、立ちつくしていた。

「どうする、北沢、黒川が来るまで待つか」

安原がのんきな声を出した。

「いや、つかまえて連れていこう。ふたりなら、まず逃げられないだろう」

そのとき、玄関のドアが開いた。白い登校帽をかぶり、ランドセルを背負った小学生があらわれた。

「行ってきます」

と声をかけて、表門のほうを向くと、三人の男たちを見つけて、目をまるくする。

高木が笑みを浮かべた。小学生に襲いかかり、いきなりかかえあげると、悲鳴にもかまわず、その小さな体を盾《たて》にして、安原に突進した。

肉を貫くいやな音がして、黄色いランドセルカバーの真ん中から日本刀の切先《きっさき》が突き出した。ゴボ、とのどが鳴って、口から鮮血があふれる。高木は小学生もろとも安原を押しのけると、街路に逃げ出した。

「このガキ、邪魔しやがって」

北沢が駆けよると、安原は顔を返り血で真っ赤に染め、悪態をつきながら立ちあがった。小学生は路上にあおむけに倒れた。小学生の顔を革靴で踏みつけて、日本刀を引き抜く。胸の動脈が切断されたらしく、見る見るうちに血だまりがひろがった。玄関の奥から、かん高い絶叫が聞こえてきた。

「どっちへ逃げた」

北沢が言った。

「あっちだ」

安原は南の方角を指さした。

北沢は即座に走り出した。

すぐに高木は見つかった。ある家のガレージのなかで、軽自動車の運転席に坐《すわ》った若い女性の髪をわしづかみにしていた。女は泣き叫びながら抵抗したが、とうとう車から引きずりだされた。高木が髪をつかんでガレージの柱に数回叩きつけると、女は柱に抱きついたまま、動かなくなった。

「車を奪う気だ」

北沢はつぶやき、通りを駆け戻った。黒川はすぐに見つかった。

「どうした。銃声が聞こえたけど、高木をつかまえたのか」

黒川はコートのポケットに両手を突っ込んで、ある家の郵便受けの前に立っていた。

「高木が車を手に入れた」

「なんだと」

黒川は舌打ちして、

「そいつはまずいな」

「ワゴン車をすぐに持ってきてくれ。高木を追いかけるのはもちろんだが、そろそろ警察が来るだろう。この場所から離れたほうがいい」

「何人殺したんだっけ」

黒川がすっかり明るくなった空を見上げて、そう訊いた。

「おまえがひとり、おれがひとり、安原がひとり、そして高木がひとり。計四人だ」

「五人だよ」

黒川は門のなかへ顎をしゃくった。石畳の上に、新聞を握りしめた老人が倒れていた。額が割れていた。

5

白いワゴン車は海沿いの国道を疾駆《しっく》していた。道路には何台か車の姿があったが、渋滞の時刻にはまだ少し早く、混雑はしていなかった。それは、高木も足止めされずに逃げ去ったことを意味していた。

「高木の車はまだ見えないか」

ステアリングを握った黒川が訊ねた。

「まだ見えない」

北沢が前方を見すえながら答えた。

「向こうは軽自動車だ。そんなにスピードは出ない。そのうち追いつく」

「そのうち、そのうちか」

黒川はいらだたしげにつぶやき、前の車を次々と追い抜いていった。

「パトカーは追ってこないようだ」

タオルで顔をぬぐった安原が、後ろをのぞいて言った。

「安心はできないぜ」

黒川が腕時計をちらりと見て、

「高木とおれたちが車で逃げたのは、誰かしら目撃しているはずだ。そろそろ警察の検問が始まるころだ」

「検問があれば、高木の車も停まる」

北沢が言った。

ウィンドウの向こうでは、ガードレールが白く波打つ一本の流線となって、背後に飛び去っていった。その彼方、銀色の波頭をきらめかせる海の上には、晩秋の青空がひろがっていた。

「いたぞ」

北沢が前方を指さした。

ワインレッドの軽自動車が目一杯のスピードを出し、海に張り出したカーブを曲がるところだった。軽自動車は赤茶色にくすんだ林の向こうに、吸い込まれるように消えていった。

黒川はアクセルを思いきり踏み込んだ。ワゴン車のエンジンがかすれた悲鳴をあげ、ガードレールから海に飛びださんばかりに、カーブめがけて突っ込んでいった。

カーブを曲がりきった向こう側には、十台ほどの自動車が停車していた。遠く、パトカーが路肩に停まり、白いヘルメットをかぶった警官が車を誘導しているのが見えた。

「検問だ」

黒川が微笑を浮かべて、

「さあ、高木、おまえはどうする気だ」

高木の運転する軽自動車は、検問を待つ車の列の脇をすり抜けると、パトカーのすぐそばに急停車した。たちまち数人の制服警官が軽自動車を取り巻いた。

「あの野郎、自分から警察につかまる気か」

黒川がワゴン車のスピードをゆるめながら、いぶかしげに言った。

「それも逃げるためのひとつの手ではあるな」

北沢が答えた。

「だが、危険が大きすぎる」

黒川は軽自動車をにらみながら、

「それに様子が変だ。警察の連中、高木を逮捕しようとしない」

ひとりの制服警官が軽自動車の運転席にかがみ込み、高木と何やら話しているのが見えた。高木は汗をかきながら、懸命《けんめい》に何かを説明しているようだった。

「おかしいな。こいつはおかしい」

黒川は検問の列の最後尾にワゴン車を停めると、後部座席を振り返った。

「おい、安原、行って見てこい」

「おれが？」

安原は見るからに迷惑そうに答えた。

「おまえがいちばん一般人に見えるからな。警官も安心するだろう。おれたちはあとから行く」

「血は全部拭《ふ》きとれたかなあ」

安原はワゴン車から降り、サイドミラーで顔を確認すると、軽自動車のほうにゆっくり近づいていった。しばらく待って、黒川と北沢も国道に降りたった。

まだ若そうな制服警官が安原を押しとどめているのが見えた。安原は腹にすえかねるといった表情を装い、

「なんであの車だけ列に並ばずに、先に行ってるんだ。不公平じゃないか。警察がこんなことを許していいのか」

と抗議していた。

「しかたないんですよ」

若い警官が困惑した表情で説明した。

「奥さんが国道で交通事故にあって、急いで病院に向かうところだそうです。ひどい怪我《けが》なんですよ。顔が血まみれで……」

「車の持ち主だ」

北沢が言った。

「そうか、車を奪ったとき、女もいっしょに乗せたんだ」

「用意周到なやつだ」

黒川は苦笑して、

「まあ、そうでなくちゃ、いままで逃げてられないよな」

黒川は大きな足どりで、安原と警官の脇を通りすぎた。警官があわてて、

「ちょっと、あなた」

と制止しようとした。その首に安原の腕が巻きついた。首の骨が折れる鈍い音がして、警官は声も漏らさず絶命した。

警官たちは、高木と後部座席に横たわる瀕死《ひんし》の女性に気をとられて、黒川が近づいてくるのを見ていなかった。そして、気づいたときには遅かった。

「高木」

黒川は吠えるように叫ぶと、ベルトの前から自動拳銃を引き抜き、軽自動車めがけて乱射した。警官の体が次々と吹っ飛ぶ。並んだ車の列からいっせいに悲鳴があがり、人々が車内で身をかがめるのが見えた。

高木は運転席のドアを開け、両手で頭をかかえるようにして、道路を横断した。山側のガードレールを乗りこえると、紅葉しきった林に駆け込む。

黒川が走り、ガードレールを飛びこえて、斜面を上がっていった。北沢と安原もあとを追った。

6

林の斜面には腐った枝葉が堆積《たいせき》し、足をとられた。三人はほとんど四つんばいになって、低木や岩を手がかりに上っていった。高木までは、もう五、六十メートルほどに近づいていた。

「もうすぐだ」

ブランド品のコートが土だらけになるのもかまわず、黒川は必死に這《は》いのぼった。

北沢がすぐあとにつづいた。安原は汗だくになって、ふたりから十メートルほど下方で息を切らしていた。

高木は木の枝をつかんで起きあがり、振り返ってふたりを確認した。トレーナーの太腿《ふともも》のあたりから足先まで、泥とほこりに汚れていた。ふたりがすぐそこまで接近しているのを見てとると、高木は絶望的な表情を浮かべたが、すぐに前方を向いて、ふたたび斜面を上りはじめた。

高木が丘の頂上にころがり消えるのを見て、黒川と北沢はそれまで以上に急ぎはじめた。北沢の両腿は硬く張り、踏んばるごとに鈍い痛みが走った。だが、手足の動きをゆるめることはなかった。

頂上に出る。息をつく暇もなく、ふたりはあたりをうかがい、高木の姿を探した。

「あそこだ」

北沢がそう言って、走り出した。

薄暗い林のなか、高木はよろめきながら、必死に前に進んでいた。走ろうとしても、足がついていかないようだった。北沢が追いつく前に、高木は木の幹に手をついて立ちどまり、荒い息を吐きながら、地面に坐り込んだ。

「もうだめだ。走れん」

高木は駆けよった北沢を見上げて、

「見ろよ、ひどいもんだ」

笑いながら持ちあげた足の裏は、ところどころ裂けて、血がにじんでいた。

北沢は無表情のまま、高木を見下ろしていた。その状況を見てとった黒川が、ゆったりした足どりで歩みよってきた。

「よお、黒川。とうとうおれをつかまえたな。たいしたもんだ」

高木は黒川に笑いかけた。

黒川は地面に唾を吐き、へたり込む高木の前に近づいた。しゃがみ込んで、高木の顔を冷酷な視線で見すえた。

「つかまえたぜ、高木」

そうささやくように言って、黒川は手をのばし、高木の肩をきつくつかんだ。

「痛いな。そんなに強くつかむことはないだろう」

高木は黒川をにらみつけて、

「ああ、つかまったよ。くそ、逃げきったと思ったんだがな」

「もの珍しがって、写真なんか撮ったのが運のつきだ」

黒川はコートの内ポケットから、色褪《いろあ》せた一枚の写真のコピーを取り出し、高木にほうった。

そこには、着物姿で腰に帯刀《たいとう》した高木が、木の台によりかかるようにポーズをとり、すました顔で写っていた。

「この写真を見つけ出したのか」

高木は苦笑して、

「わかった、わかった。さあ、おれは何をすればいいんだ。なんでも言うことを聞くぜ」

黒川は立ちあがり、高木を無言で見下ろした。高木の顔に初めて深甚な恐怖の色が走った。

「おい、まさか、おれが最後じゃないだろうな」

「三百年以上も逃げといて、最後じゃないだろうな、もないもんだ。おまえが最後だよ」

黒川はあざ笑った。

「だが、松岡と兵藤の姿が見えない。あいつらはまだ逃げてるんじゃないのか」

「ふたりはおまえを探して、日本のどこかを飛び回ってるよ。おまえが最後だ。今度はおまえが鬼だよ」

ふうふう言いながら、安原があらわれた。

「お、タッチし終わったようだな」

安原はうれしそうに言った。

「やれやれ、これでもう黒川の命令を聞かずにすむよ」

「おれが鬼だって？　かんべんしてくれよ」

高木が呆然《ぼうぜん》とつぶやいた。

「ルールは守らなくちゃな。さあ、来いよ」

黒川はふたたび高木の肩をつかんで、むりやり立ちあがらせた。

三人は高木を連れ、適当な場所を求めて、丘の上を探し回った。見つかったのは、古びた稲荷《いなり》神社だった。かつては朱色だっただろう鳥居はぼろぼろに腐り、社《やしろ》の屋根《やね》は穴が開きかけていた。

「ここがいい。あの社のなかに入れ。じっと坐って、百万数えるんだ」

黒川が命じた。

「どのくらい時間がかかるんだ」

高木はうらめしそうに訊いた。

「十日間くらいかな」

黒川はせせら笑って、

「ひとりきりでじっと数えてるのはつらいぜ。覚悟しとけよ」

「経験者は語る、か」

安原がつぶやいた。

「ちくしょう。覚えてろよ」

社の扉を閉めるとき、高木は三人の顔をかわるがわるにらみつけてきた。

「おまえら、すぐにつかまえて、こき使ってやる」

「やってみろよ」

黒川は鼻で笑い、扉を閉めた。

三人は丘の反対側に向かって、稲荷神社からつづく狭い道を降りていった。

「これからどうするんだ」

北沢が訊いた。

「鬼から逃げるのさ。決まってるだろ」

黒川は大きく背のびをして、

「今度こそ逃げきってやる」

「だが、逃げきれるかな」

安原が首を振りながら、

「おれたちは何度も何度も逃げてきた。いつも、今度こそだいじょうぶだ、鬼から完全に逃げきった、と思った。だが、結局は鬼につかまった」

「逃げきれるさ。ちゃんと準備もしてある」

黒川は自分に言いきかせるように言った。

「どんな準備だい」

安原が興味深そうに訊ねた。

「偽造パスポートをつくってある。海外に高飛びだ」

黒川はふたりを見て、

「どこの国に逃げるかは言えないぜ。おまえらトロいから、どうせすぐに高木につかまる。そうしたら、高木の手先になって、おれを追いかけてくる」

「ゲームが始まって以来、初の海外逃亡者ってわけか。ヤクザは便利だね。こっちは戸籍もないんだから、パスポートなんかつくれない」

安原はうらやましそうに言った。

「おまえも次はヤクザになれよ、示現流《じげんりゅう》の達人さんよ」

「いまの世の中、剣の道なんてなんの役にも立たんさ。たとえ暴力団でもな」

安原はむっとした顔つきになった。

「そんなら、密航でもたくらむんだな、北沢みたいに」

黒川は北沢を見て、

「おまえはどうする気だ」

「おれも海外に行けるものなら行きたい。日本にいたら必ずつかまるからな」

「どこへ行こうと思ってるんだ」

黒川がなおも訊いた。北沢は少し考え込んで、

「オランダかな」

「オランダが大国だったのは、おまえが長崎にいたころの話だ」

黒川はにやにや笑って、

「いまどきあんな国に行きたがるのは、チューリップ愛好家かヤク中だけだぜ」

「それでもいい。一度行ってみたいんだ」

北沢は前回、鬼につかまったときのことを思い出していた。あれは確か、享保《きょうほう》年間のことだ。北沢は長崎で蘭学塾に通い、オランダ語を学んでいた。なんとか長崎に来航するオランダ船に渡りをつけて、日本から脱出するつもりだった。

しかし、その夢はかなわなかった。ある夜、北沢の滞在先に、黒川と安原が乗り込

んできたのだ。

「見つけたぞ」

着流し姿の渡世人《とせいにん》といった外見の黒川は、今日高木に向けたのと同じ、冷酷な視線を投げかけてきた。薄い髪でなんとか髷《まげ》を結《ゆ》った浪人《ろうにん》姿の安原は、誰かを斬《き》り捨ててきたところらしく、血のついた刀をかまえていた。

自分たちがいったいいつからこのゲームをつづけてきたのか、北沢にはもう思い出せなかった。そして、いつまでつづけなければいけないかも、まったくわからなかった。

まあいい、と北沢は思った。鬼がつかまえに来るから、おれは逃げる。それだけのことだ。

それに……今度こそ、逃げきれるかもしれない。

三人が丘を降りきって、舗装道路に出たころには、太陽が中天にまばゆく輝いていた。

精霊もどし

1

日曜日の朝だというのに、空はよどんだ灰色の雲にうっとうしくおおわれて、どこにも出かける気が起きない。ゆうべ消し忘れたＴＶの画面には、下ぶくれの若い女性アナウンサーが映っていて、今日の降水確率は六十パーセントです、と明るい口調で話している。いっそのこと、雨が降ればいい。そのほうがまだましな気分になるだろう。そうしたら、窓の外にひろがっている、コップの底の濁《にご》った沈殿物《ちんでんぶつ》のような街の風景も、少しは洗い清められるだろう。

電話が鳴った。

「今日、空いてるか」

広永《ひろなが》からだった。暗い声の響きが気になったが、だいじょうぶかと訊《たず》ねるのはやめにした。そんな台詞《せりふ》はもう何十回も口にして、なんの役にも立たないことはよくわかっている。広永も励《はげ》ましやなぐさめの言葉は聞き飽きているはずだ。

「ああ、特に予定はない」

「じゃあ、家《うち》に来てくれないか。頼みたいことがあるんだ」

「いいよ。何時がいい」

「できるだけ早く」

これで外出する理由はできた。パジャマからポロシャツとジーンズに着がえて、マンションをあとにした。

この前、広永の家を訪れたときは、黒いスーツに黒いネクタイを締《し》めていた。もう半年近く前のことだ。あの夜は大雨で、玄関に敷《し》かれたマットが泥だらけになっていたのをよく覚えている。何十人もの来客の靴跡が重なりあって残っていた。その大半は初めて広永の家を訪れた客ばかりだ。真知子《まちこ》さんの涙雨かねえ、とありきたりの感想をつぶやいていた老婆は、いったいどちらの親戚だったのだろう。

大通りに出て、地下鉄の駅に向かう。何か手土産《てみやげ》を買っていこうかと思ったが、やめることにした。ほんの些細《ささい》な気づかいでも、広永はいやがるだろう。同情なんかするな、と広永が目をむいて怒り出すところにいあわせたことがある。そう言えば言うほど、以前の気弱でおとなしい広永との違いが目立った。そして、なるべく普段どおりに接しようとすればするほど、こちらもぎごちない態度になる。そのうちだんだん気疲れしてきて、自然と広永とは会わなくなった。十数年来の友人といっても、この程度のものだ。

　地下鉄を七駅目で降りて、あっというまに終わってしまう商店街のアーケイドを抜けると、そこからは住宅街になっている。つくりは小さいがアメリカ風の建売住宅が立ちならび、予算の許すかぎりのささやかな個性を競いあっていた。プラスチックの屋根《やね》をふいたガレージ。自動車の後部に飾ったカーミットのぬいぐるみ。飼い主によほど甘やかされているのか、やたら居丈高《いたけだか》に吠えたてるテリア。アルミサッシの窓辺にはガーデニングの花々。すばらしい、すばらしい、すばらしいマイホーム。いや、これは独身賃貸居住者のジェラシーにすぎない。なんにせよ、家を建てるのはたいした手柄だ。特に広永のように三十代後半で一戸建てをかまえるのは、ほとんど奇跡としか思えなかった。

　宝くじでも当たったのか、と半ば本気で訊ねると、広永は笑って、それならハワイに豪邸でも建ててるよ、と答えた。なあに、本当に狭い家なんだ。おまえも実際に見たら大笑いするに違いないよ。真知子が花壇をつくりたいっていうから、無理して敷地を割《さ》いて、庭を確保したんだけど、これがまた小さな庭で……。

大笑いするなんて、とんでもない。通りに見えてきたのは、街並に溶け込むようなオフホワイトで統一された、立派な二階建ての家だった。二階は子供部屋にする予定だ、と広永は夢を語っていた。

確かに庭は広くはないが、リビングの大窓から煉瓦《れんが》でしきった花壇をながめるには、ちょうどいい広さだった。ただ、以前見たときはパンジーがきれいだった花壇には、いまは名前も知らない雑草が生い茂っていた。

風にゆれる雑草の茶色い穂先を見ているうちに、だんだん気が重くなってきた。まるで広永の心のなかを見ているような気がしてきて、顔を合わせるのがおっくうになった。だが、電話でイエスと返事をし、ここまで来てしまったのだから、もうしかたがない。玄関のチャイムを鳴らした。

2

「よく来てくれた」

出迎えにあらわれた広永は、意外に元気そうだった。血色もいいし、笑顔を浮かべている。ただ、両目がいやに輝いているのが気にかかった。

「さあ、上がってくれ」

広永にせかされながら、家に上がった。家のなかも想像したような荒廃の気配はない。廊下《ろうか》は少しほこりっぽかったが、不潔ではなかった。通された居間も掃除《そうじ》はしているらしく、ちらかっているという印象は受けなかった。

部屋の奥、以前は絵皿やCDプレイヤーがあったキャビネットの上は、特にきれいにかたづけられていた。ていねいに拭《ふ》き掃除をしているらしく、木目調の外観がぴかぴかに光っている。

中央に、額に入った写真と白い飾り布におおわれた骨壺《こつつぼ》が置いてあった。

親戚一同の非難にもかかわらず、広永はいまだに骨壺を手離そうとしない。葬儀から半年たつというのに、夫婦どちらの実家の墓におさめることも、拒否しつづけていた。

キャビネットに歩みより、写真の女性をながめた。薄曇りの海岸を背景にして、ロングヘアの小太りの女性がはにかむように笑っている。淡く地味な水色のワンピースが控え目な性格を物語っていた。確かに性格は温厚で、気がききそうだ。預金口座のある銀行の窓口にいたら安心できそうなタイプ。だが、それだけだった。いったい彼女のどこに広永をこれほど妄執させるだけの魅力があるのか、さっぱりわからなかった。

故人の遺影を前にして、ずいぶんな言いぐさだ。そう反省して、両手を合わせようとした。

「やめろ」

突然、広永が痛いほどきつく肩をつかんだ。表情が一変して、怒りをあらわにしていた。

「手を合わせるのはやめるんだ。真知子が帰りにくくなったら、どうするんだ」

帰りにくくなったら。

すぐにはその言葉の意味が理解できず、広永の顔をただ見つめていた。広永は笑顔に戻り、キャビネットから骨壺を愛おしそうにかかえあげると、

「さあ、ぼくの書斎に来てくれ。きみに手伝ってもらいたいんだ。いろいろ調べたんだが、どうしても一人ではできないんでね」

「おまえ……だいじょうぶか」

がまんできず、とうとう禁句を口にしてしまった。

「だいじょうぶ？　どういう意味だ」

広永が心底不思議そうに訊《き》き返してきたので、それ以上何も言えなかった。

骨壺を持った広永のあとについて書斎に向かいながら、いったいどうすればいいか、懸命に考えた。誰かに連絡して、来てもらうべきだろうか。いや、広永はそんなことは許さないだろうし、こっそり電話をかける暇もない。それに、まだ完全におかしくなったと決まったわけでもない……。

考え抜いた末の結論は、とりあえず広永の言うとおりに行動しよう、というものだった。べつに麗《うるわ》しき友情の発露《はつろ》ではない。正直いうと、拒否したら、何をされるかわからないと思ったからだ。

書斎はブラインドが閉めきってあり、蛍光灯《けいこうとう》のちらつく青白い光がこもっていた。広永は慎重な手つきで木製の丸テーブルに骨壺をすえると、デスクの下から椅子《いす》を引き出して、腰を下ろした。

「きみも坐《すわ》れよ」

そう言うと、広永はデスクの上にあった黒い革表紙の書物を手にとった。背表紙の文字が見えた。『神聖魔法大全』。

「ここ一ヵ月間、いろんな本を読みあさったんだ。ひどくインチキくさい本も多かったけれど、最終的にこの本にたどり着いた」

広永はしおりのはさんであるページを開き、視線を落とした。

「百二十五ページ。《死者を復活させる秘法》」

「その秘法とやらを使って……真知子さんを復活させようっていうのか」

できるだけ平静を装って、そう訊ねた。広永はうなずき、

「一人じゃだめなんだ。ほら、ここに書いてあるだろう。少なくとも二人いないと、この呪文は効かないんだよ」

開いたページを見せた。ちらりとのぞくと、おどろおどろしく歪んだ活字が並び、イラストに何やら奇妙な図形が描いてあった。十分インチキくさいオカルト本に思えて、それ以上真剣に読む気が起こらなかった。

「なるほど、確かにそう書いてあるな」

と、生返事をして、

「でも、こういうのはその秘法とやらを信じている人間でないと、だめなんじゃないかな。その、きみも知ってのとおり、ぼくはそういうのは信じないほうだし、霊感もまったくないし……」

「いやいや」

広永は身を乗り出して、うれしそうに言った。

「べつにきみが秘法を信じていなくてもいいんだ。それがこの術のすばらしいところだよ。ぼくが呪文を正確に唱えさえすればいい。きみはきみのオーラが持つエネルギーを、一時的に貸してくれさえすればいいのさ」

いますぐ帰してくれるのなら、オーラだろうがなんだろうが、無担保無利子でいくらでも貸してやる。そう言いかけて、あわてて口をつぐんだ。

「さあ、手伝ってくれよ」

広永は骨壺が置かれた丸テーブルに歩みより、手招きした。しかたなく近づくと、いきなり両手首をつかまれた。

「真知子を見るんだ」

骨壺を見ろ、ということらしい。あまり気持ちがいいものではなかったが、しかたがない。ゆわえてある袋の口あたりを見下ろした。そのとき、丸テーブルの上に赤いチョークで魔法陣らしき図形が描かれているのに気がついた。

「意識を集中して……そう、そうだ……さあ、いまからぼくが呪文を唱えるから、そのあいだ視線をそらすんじゃないぞ」

広永はぶつぶつと呪文をつぶやき出した。男の友人と手をつないで、その亡き妻の骨壺を見つめながら、得体の知れない呪文を聞かされるはめになるとは、人生何があるかわからない。この不条理な状況が早く終わることを願ったが、残念ながら呪文はえんえんと続いた。

そのうち、いいかげん、ばかばかしくなってきた。しかし、言われたとおり、骨壺を見つめつづけることはやめなかった。まだ終わらないのか、と訊くのもひかえた。ひたすら耐えに耐えた。

ふと気がつくと、呪文が聞こえなくなっていた。顔を上げると、広永は必死にあたりを見回している。

「真知子、真知子、どこにいるんだ」

だが、書斎には二人のほかに誰もいなかった。現し身《うつみ》の女性どころか、ぼんやりした白い影すらなく、壁の染みが顔に見えるわけでもない。

広永はがっくりと腰を落とし、両手で頭をかかえて、すすり泣きはじめた。さすがにかわいそうになって、肩を叩いた。

「そう気を落とすなよ。死んだ人間が生き返るなんてこと、あるわけがないじゃないか。おまえも薄々はわかっていたんだろう？」

広永はうつむいたまま、何も答えなかった。

「まあ、少し気持ちをおちつけたほうがいいよ。待ってろ、いま水を汲《く》んできてやる」

書斎に広永を残し、廊下に出ると、キッチンがどこだったかを思い出そうとした。確か、居間を抜けた向こう側にあったはずだ。記憶をたどって、なんとか入口を発見した。

なかに入ると、対面型キッチンの奥に小太りの女性が背中を向けて立っていた。

「すみませんね、変なことにつきあわせちゃって。主人ったら最近ずっとああなんですよ」

彼女は振り向いて、にこやかな笑顔を見せた。

「子供じゃあるまいし、魔法だの魔術だのって、そんな話ばっかり。さぞかしご迷惑だったでしょう」

「いや、かまいませんよ。広永は大学以来の親友ですから」

とても迷惑でした、とはさすがに答えられないので、なるべく愛想よくそう言った。

「コーヒー、できてますから」

彼女はエプロンの裾《すそ》で手を拭きながら、湯気《ゆげ》をたてているコーヒーメーカーを視線で指し示した。思ったとおり、気がきく人だ。

「それはありがたいな。広永に水を汲んでいってやろうと思ってたんですが、コーヒーのほうがいい」

「宮崎《みやざき》さんもお飲みになるでしょう?」

そう言うと、彼女はコーヒーをついだマグカップを差し出した。ありがとう、と手を出しかけたとき、気がついた。

カップが床に落ち、大きな音をたてて割れた。

「どうしたんだ、大声をあげたりして」

広永が物音を聞きつけて、キッチンにやってきた。

「顔が真っ青だぞ」

口から言葉は何も出ず、ただ床を指さすことしかできなかった。あらあら、と言いながら、真知子さんがかがみ込んで、カップの破片を拾い集めている床を。

広永はしばらく床を見下ろしていたが、やがてあきれたように言った。

「カップを落として割ったくらいで、青ざめることはないだろう。いいよ、こんなのは安物だから、壊したってかまわない。あとでかたづけておくから」

「なんだって?」

「そうか、コーヒーを入れてくれたんだな」

広永は真知子さんを完全に無視して、キッチンの奥に近づいた。コーヒーメーカーの蓋を開けて、香りをかぐ。

「モカだ。よくコーヒー豆のありかがわかったな」

「広永……おまえ、見えないのか」

「見えないって、何がだ」

広永は不審そうな表情を浮かべた。その足元では、真知子さんが雑巾《ぞうきん》でコーヒーの染みを拭きとっていた。

3

せっかく自分で入れたんだから、コーヒーを飲んでいけよ、という広永の誘いを断って、逃げるように家を出た。玄関のドアを閉めるとき、真知子さんが広永の背後によりそうように立って、

「またいらしてくださいね」

と、ていねいにおじぎするのが見えた。

部屋に戻ってからも、恐怖はおさまらなかった。広永のいう秘法のせいで、真知子さんは本当によみがえったのだろうか。まさか。死人が復活するわけがない。一歩ゆずって、もしそうだとしても、それならなぜ広永には見えないのか。誰よりも彼女をよみがえらせたがっていたのは、広永のほうではないか。

そう考えるうちに、不安に駆《か》られた。うさんくさいオカルト書の秘法を信じるより、もっとありそうなのは、自分の頭がおかしくなって幻覚を見たという解釈だったからだ。

しかし、なぜ真知子さんの幻覚が見えるのだろう。こうして「真知子さん」と呼ぶこと自体、抵抗があった。彼女はつねに「広永の奥さん」だったからだ。

彼女を初めて見たのは、結婚式の当日だった。お色直しのあと、純白のウェディングドレス姿で登場した彼女を見て、採寸に苦労しただろうな、という感想を持ったことを思い出す。

それ以前の彼女についてはまったく知らないし、結婚式で見たはずの彼女の旧姓すら覚えていない。せいぜい、披露宴で聞かされたスピーチが断片的に頭に浮かぶ程度だった。三人兄弟の長女。女子大を優秀な成績で卒業。家事手伝い。新郎とは高校以来のつきあい。そういったたぐいの陳腐《ちんぷ》な言葉の羅列《られつ》で、内容はあらかた忘れてしまった。

その後の彼女はずっと「広永の奥さん」だった。広永の奥さん、最近園芸に凝《こ》ってるんだってさ。花のある家庭か、うらやましいね。広永のやつ、奥さんと喧嘩《けんか》して三日間口を利いてもらえなかったらしいぜ。あんなに熱々でも喧嘩するんだねえ。もしもし、奥さん、宮崎ですけど、広永いますか？　奥さん、こんな遅い時刻にお邪魔《じゃま》してすみませんね。いや、ひさしぶりにいっしょに飲んだものですから、盛りあがってしまって。泊めてもらったうえ、朝食までごちそうになって、どうもありがとうございます、奥さん。

実をいえば、彼女の死もさほど悲しくはなかった。何かしら感情をゆさぶられるほどのつきあいではなかったからだ。彼女と永遠に別れることになっても、特に何も感じなかった。彼女とはそもそも知り合ってさえいなかったのだから、悲嘆にくれる理由はなかった。むしろ残された広永のことを案じていた。

それなのに、なぜ彼女の幻を見なければならないのか。生前の彼女の表情や声、しぐささえ記憶が薄れているというのに。彼女のイメージは黒い額に入った写真のものでしかない。

その夜、ベッドに入っても寝つくことができず、しばらくそんなことを考えた。ようやく眠りに落ちる間際、頭に浮かんだのは、たぶん広永があまりに異常に見えたため、一時的に頭が混乱したのだろう、という結論だった。そして、どんなに頼まれても、当分は広永にも会わず、広永の家にも行くまい、と決心した。

日曜日の翌日は月曜日だ。どんな不思議な事件、どんな神秘的な奇跡が起ころうとも、この事実はくつがえせない。いつもどおり七時に起き、会社に向かった。

仕事が手につかないのではないかと心配していたのだが、ひと晩眠ったら気持ちがおちついたらしく、普段どおり電話連絡をとり、書類をかたづけることができた。昨日あんなにおびえていたことが嘘のように思われた。

「宮崎さん、外線の二番に電話よ」

並んだデスクを斜めに横切って、モスグリーンの制服を着たＯＬがそう告げた。

「誰からかな」

「広永さんって方」

どんなに懇願されても断ろう。これで友情にひびが入っても、しかたがない。昨夜の決心を思い返して、受話器をとった。

「お電話替わりました」

「もしもし、宮崎さん？　広永の家内ですけど……」

受話器を取り落としそうになった。

「……真知子さんですか」

「ええ、そうです」

電話の向こうから聞こえてくる声は、まったく普通で、なんの変わったところもなかった。そう……幽霊の声とはとても思えない。だが、いままで一度も幽霊の声を聞いたこともないくせに、どうしてそう言いきれるのだろうか。

「お仕事中、すみません。でも、宮崎さんしかご相談できる方がいないもので」

「何かあったんですか」

「昨日、宮崎さんがお帰りになってから、主人の様子が変なんです。ずっと書斎に閉じこもりっぱなしで、食事もとらないんですよ。あたし、心配になって……」

「それは」

思わず大声になった。テニスの試合の観客のように、同僚が一斉にこちらを向いた。

受話器に手をあてがい、できるだけ声を低めて、

「それは、あなたが半年前に乳癌《にゅうがん》で亡くなったからですよ。お忘れになったんですか」

「ええ、それはわかっています」

平然とした答え方が、いっそう恐ろしかった。

「でも、主人のことが心配なんです。今晩にでも、一度見に来てやっていただけませんか。ほんのちょっと、声をかけていただくだけでかまいません。こんなことお願いできるのは、宮崎さんしかいらっしゃらないんです」

いま断っても、また電話をかけてきそうな気配だった。しかたなく、夜の七時に訪問する約束をした。

それから終業時刻までどうすごしたのか、よく覚えていない。たぶんそれなりに仕事をして、大半はぼんやりしていたに違いない。宮崎くん、どうかしたのか、と課長が怒りを通りこして心配顔で訊いていた。いや、なんでもありません、と答えた声が普通ではなかったのだろう。課長は気味の悪そうな顔をした。

会社を出て、地下鉄に乗り込んだ。自宅のマンションのある駅に近づいたとき、いっそこのまま部屋に逃げ帰ろうかと一瞬思った。だが、そんなことをしても、また明日、彼女から電話がかかるだけだろう。そして二回目の電話に自分が耐えられるかどうか、まったく自信がなかった。

4

昨日と同じ道すじをたどって、広永の家の前に立っていた。すっかり日が暮れているのに、この家だけは灯りが点いていない。案内灯すら消されていて、玄関の前は真っ暗だった。

大きく息を吸ってから、チャイムを押した。

誰も出てこない。

もう一度チャイムを鳴らし、しばらく待ってから、ドアノブに手をかけた。鍵はかかっていなかった。

ドアを開けて入ると、なかは暗闇にみちていた。お邪魔します、と小さく声をかけて、廊下に上がった。

暗がりのなか、書斎に向かって歩いていくと、キッチンの入口から光が漏れているのが見えた。コーヒーの香ばしい匂いがただよい、カチャカチャという洗い物の音が聞こえる。目をつぶって、キッチンの前を小走りに通りすぎた。

書斎にたどり着き、閉めきられた扉をノックしたが、返事はなかった。少なくとも生きている広永の近くにいたほうがましだと思い、扉を開いた。

「誰だ」

骨壺を置いたままの丸テーブルの向こうで、広永が顔を上げた。にらみつけるような視線を投げかけて、

「ああ、宮崎か。よく家のなかに入れたな」

「不用心だよ、玄関の鍵が開いてた。でも、ちゃんとチャイムは鳴らしたんだぜ」

わざと軽い口調でそう言い、扉を後ろ手で閉めた。できれば錠を下ろしたかったが、ついていなかった。

「鍵が開いていた？　そんなはずはない……」

広永は眉根《まゆね》をよせて、考え込んだ。

「でも、ぼくが入ってこられたんだから、開いてたんだよ」

「そうか、そうだな。で、何しに来たんだ」

奥さんに頼まれて様子を見に来た、と告げる勇気はなかった。

「昨日のきみの様子がちょっと心配だったんで、どうしてるかな、と思ってね」

「気が変になったかと思ったか？」

広永は笑った。いやな笑い方だった。

「そうかもしれん。気が変になったのかも……昨日から妙な考えが頭にこびりついて離れないんだ」

「どんな考えだい」

その質問には答えず、広永は骨壺をじっと凝視していた。だが、突然、こう言った。

「なあ、宮崎、コーヒーを入れてきてくれないか」

「え？」

「昨日、キッチンでコーヒーを入れてくれただろう。また飲みたくなってきた。沸《わ》かしてきてくれよ」

背中に汗がつたうのを感じた。キッチンに行くのは絶対にいやだった。

「コーヒーばかり飲んでいると、胃が荒れるぜ」

「昨日、確かモカを入れてくれたよな」

広永は立ちあがり、ゆっくり近づいてきた。うっとりと、記憶をたぐりよせているかのような表情を浮かべている。

「ぼくはモカが好きでね。真知子がよく入れてくれた。でも、自分で入れようと思っても、キッチンのどこにコーヒー豆が保管してあるのか、さっぱりわからなかった。

もしかしたらキッチン以外の場所に置いてあるのかもしれない。真知子に訊いても教えてくれなかったんだよ。いつも笑って、秘密の保管場所があるのよ、って答えるだけだった。秘密の保管場所って、いったいどこなんだ」

広永は体が触れそうなほど近くに寄って、

「なあ、宮崎。おまえ、どこからコーヒー豆を探し出してきたんだ。教えてくれよ」

すぐ目の前で、広永のふたつの瞳が狂おしい光を放っていた。本当のことを話すべきだろうか。いや、真実を告げれば、広永はもっと錯乱《さくらん》するだけだろう。それに第一、何が真実なのか、自分でもわからなくなっていた。

「……どこだったかなあ。ふと見たら、コーヒー豆の袋があったんだよ。それで手にとっただけで」

「じゃあ、キッチンに行って、探してきてくれ。そうしたら、ぼくもコーヒーが飲めるようになるからありがたい」

しかたなく、書斎から暗い廊下に出た。家のなかは静かで、耳の後ろで脈打つ動脈の音がはっきり聞こえるほどだった。息を殺して、キッチンへ向かった。

そこには真知子さんがいた。昨日とまったく同じポーズで、対面式のキッチンの向こうで背中を向けている。

書斎とは正反対に、キッチンのなかは明るく、清潔だった。あまりにも日常的な光景に、ふと奇妙な考えが心に浮かんだ。もしかしたら、広永が気づかなかっただけで、真知子さんは通夜の晩以来、ずっとこの家にいたのではないだろうか。あのきれいにかたづいた居間や、廊下や、この整理整頓されたキッチンを掃除していたのは、真知子さんだったのではないか……。

丸テーブルの上の骨壺を思い出し、なんとか妄想を追いはらったとき、真知子さんが振り返った。

「主人、どうでしたか」

にっこりと、人あたりのいい笑顔を見せた。先ほどの広永よりも、ずっと人間らしい雰囲気《ふんいき》だった。

「確かにちょっとふさぎ込んでいるみたいでしたね」

と、言葉を濁し、

「でも、心配ないでしょう。二、三日したら普段の広永に戻ると思いますよ」

「そうですか。それはよかった」

真知子さんが本当にうれしそうに言ったので、少し罪の意識に襲われた。

「広永にコーヒーを入れてくるように頼まれたんですが」

「ちょうど沸いたところですよ」

「モカのコーヒー豆はいったいどこにあるんですか。広永は秘密の保管場所があると言ってましたが」

「まあ、主人、そんな話をしたんですか」

真知子さんは口元を手で隠し、おかしそうに笑って、

「秘密の保管場所っていうのは、コーヒーショップのことですよ。毎日午前中に、一日分だけ買ってくるんです。いっぱい買って保存しておくと、どうしても味が落ちますからね」

「なるほど、主婦の知恵ってやつですね」

そう答えたとき、背後から声がした。

「宮崎、おまえ、誰と話してるんだ」

5

振り向くと、目を血走らせた広永が、キッチンの入口に立っていた。

「誰と話してるんだ」

広永はもう一度言って、荒々しい足どりで近づいてきた。首をねじまげ、キッチンのいたるところを見渡した。

「ちくしょう、見えない……おい、宮崎、真知子はどこにいる」

「なんの話かな」

なんとかごまかそうと思ったが、むだだった。広永は両目をつりあげ、大声をあげた。

「ごまかしてもだめだ。真知子は帰ってきてるんだろう。おまえ、いま真知子と話してたじゃないか。どこにいるか、教えろ」

「あなた、あまり興奮しないで。お願いだから」

真知子さんは広永のすぐそばに歩みよって、なだめるように言った。だが、その声も広永には聞こえないらしかった。

「早く教えろ」

「……きみのすぐ隣に立ってるよ」

「ええ、あたしはあなたのそばにいつもいるのよ」

広永は真知子さんの顔を真正面から見すえた。まぶたを何度もまたたかせて、ありえない存在をとらえようと、必死に視線を凝らした。

だが、すぐに絶望的な顔つきになった。

「そうか」

広永はがっくりとうなだれて、キッチンの奥に向かった。

「そうだったのか。やっとわかったぞ……おまえら、できてるんだな」

一瞬、広永が何を言っているのかわからなかったが、すぐに気がついた。

「ぼくと真知子さんが？　冗談はよせよ」

「あたしと宮崎さんが不倫してるって言うの？　あなた、いいかげんにしてよ」

「じゃあ、なぜおまえにだけ真知子の姿が見えるんだ」

振り向いた広永は、右手に包丁を握《にぎ》りしめていた。冗談ではないことは、ひと目でわかった。

「ば、ばかな真似《まね》はよせよ、広永」

「あなた、やめてください。ね、危ないから……」

「じゃあ、なぜおまえにだけ見えるんだよ」

広永はひとり言のようにつぶやきながら、ゆっくり近づいてきた。逃げようと思ったが、真知子さんが先に廊下に飛び出したので、間に合わなかった。

「なあ、広永、よせよ。友達だろ」

壁に追いつめられながら、なんとか広永をなだめようとした。広永は包丁を握った右手を下げて、近づいてきた。あまりに強く握りしめているので、手の甲が白くなっていた。

「どうしておれには見えないんだよ。真知子をこんなに愛してるおれにはどうして見えないんだ！」

広永がそう叫んで、包丁を振りあげたので、思わず床に這《は》いつくばった。鈍い衝撃音。視線を上げると、包丁の切先《きっさき》が壁に食い込んでいるのが見えた。

「ちくしょう」

包丁を引き抜きながら、広永は小さくつぶやいた。

「よせったら、おい、やめてくれよ！」

どんなに声をあげても、広永にはいっさい聞こえていないようだった。まるで真知子さんのように、自分が幽霊になったような気がした。

だが、まだ幽霊でないことはすぐにわかった。

「ちくしょう」

広永はもう一度つぶやき、包丁をふるった。刃がちょうど左の二の腕あたりをかすめ、鋭い痛みが走った。スーツが裂け、赤黒い染みがひろがっていった。

「やめろ……広永……」

出血した部分を右手で押さえながら、最後の懇願をした。広永は無表情のまま立ちつくし、包丁を逆手に握りなおした。

そのとき、パトカーのサイレン音が聞こえてきた。サイレン音はうるさいほど大きくなり、やがてキッチンの窓に赤い回転灯の光が投影された。

自動車が停まる音。人の走る足音。「通報があったのはここか？」「はい」という話し声。そして、玄関のドアが乱暴に開けられ、何人かの人間が駆け込んでくる音が響いた。

広永が茫然《ぼうぜん》としているすきに、四つんばいのまま、廊下にころげ出た。懐中電灯を持ったふたりの制服警官が廊下に立って、あたりをうかがっていた。

「ここ、ここです。助けてください」

恥も外聞もなく叫んだ。ありがたいことに警官はすぐに気づき、あわてて駆けよってきた。

若いほうの警官がキッチンに飛び込み、包丁を持って突っ立っている広永を見つけると、即座に取りおさえた。広永は抵抗するそぶりさえ見せなかった。

「きみ、怪我《けが》してるな」

もうひとりの中年の警官がかがみ込んで、そう言った。広永のほうへ顎をしゃくって、

「あの男にやられたのかね」

「そうです」

「いったい何があったのかね。男が包丁を振り回しているという一一〇番通報があったんだが……」

「そいつがおれの妻を寝取ったんだ」

若い警官にはがいじめにされたまま、広永が消え入るような声で言った。すると、警官はふたり同時に眉をしかめ、じろりとにらみつけてきた。

「違うんです。誤解、誤解なんですよ」

あわてて弁解したが、広永はなおも言った。

「そいつがおれから妻を奪ったんだ。おれの最愛の妻を奪いやがった……」

広永は両手で顔をおおい、床に泣きくずれた。若い警官は広永の肩をなぐさめるように叩き、中年の警官は怪我人をほうったまま、同情の目つきで広永を見つめていた。

「それも、生きてるうちならまだいい。真知子が生きているのなら、またおれのもと

へ連れ戻すこともできる。でも、死んだあとに奪われるなんて、がまんできない。もう真知子の心をおれに引き戻すことはできないじゃないか。死人が相手じゃ、どうしようもないじゃないか……」

若い警官が薄気味悪そうに広永から離れた。中年の警官は広永から顔をそむけると、ふたたび傷口を調べ、

「だいじょうぶ、かすり傷だよ。これならすぐに治るさ。それにしても、災難だったねえ」

と言った。

6

広永はそのまま病院に連れていかれ、心因性の鬱病《うつびょう》と診断されて、しばらく入院することになった。傷害事件を起こしたには違いないが、妻の死がストレスとして蓄積《ちくせき》された結果、一時的に精神錯乱状態になった、と判断された。書斎に置かれた骨壺や、赤いチョークで描かれた魔法陣、それに『神聖魔法大全』のおかげだった。被害者の側も事を荒だてる気はなかったので、刑事事件にもならず、いたって穏便《おんびん》に決着

がついた。

ただひとつ、最後まで警察の調べがつかなかったのは、いったい誰が一一〇番通報したかということだった。

記録によれば、電話は現場である広永の家からかけられており、女性の声で、

「包丁を持って暴れてる人がいるんです。すぐ来てください」

と告げて、住所を教えたという。この匿名の女性通報者の正体は結局わからずじまいだったが、通行人が悲鳴を聞きつけて家のなかに入り、キッチンをのぞき込んだあと、廊下の電話で通報して立ち去ったのだろう、と推測された。

事件から一週間たって、左腕の傷も癒《い》えたころ、広永を病院に見舞った。抗鬱剤が効いたのか、広永はあの夜とはうってかわって、憑《つ》きものが落ちたような、さっぱりした顔つきになっていた。

「すまん、宮崎」

病室に入ると、広永はベッドからはね起きて、真剣な面持ちで頭を下げた。

「自分でもなんであんなことをしでかしたのか、さっぱりわからないんだ」

「いいよ、もうその話はやめよう」

「本当にすまないと思ってる。まったく馬鹿なことをしたもんだよ。真知子の霊を呼

び戻そうとしたり、きみと真知子の霊が不倫してると思い込んだり……」

「それだけきみが真知子さんを愛していたってことだよ。うらやましいかぎりだよ、そこまでひとりの女性に惚れられるなんて」

そう答えて、白いカーテンがゆれる窓のほうにほほえみかけた。そこには真知子さんが腰を下ろし、愛情のこもった温かいまなざしで夫を見つめていた。

病室を出ると、真知子さんがあとをついてきた。両膝《りょうひざ》に手をついて、深々と頭を下げる。

「本当に申しわけありませんでした」

「いいんですよ」

天井のあたりに視線を向けて、通りすぎる医師や看護婦に悟《さと》られないよう、なるべく小声で答えた。ここは精神科病棟だ。大声でひとり言をつぶやいていたら、強制入院させられかねない。

「あんなひどい目に遭わせてしまって、こんなことを言える立場じゃないんですけど……」

「これからも広永と仲よくつきあってくれっていうんでしょう。言われなくても、そうしますよ。退院するまで、ときどき見舞いにも来るつもりです。広永は親友ですから」

真知子さんはほっとした表情になった。

そのとき、ふと思いついて、訊ねてみた。

「ねえ、ひとつ教えてくれませんか。死後の世界というのは、いったいどうなってるんです？　死んだあと、もしもあなたに再会できるのなら、広永だってきっと喜びますよ」

真知子さんは廊下の奥を振り返り、しばらく黙り込んでいた。だが、やがて、ささやくようにこう答えた。

「死後の世界なんて、あるわけがないでしょう。あたしが言うんですから、信用してください」

＊「精霊《しょうろう》もどし」とは所《ところ》ジョージさんの曲のタイトルです。記して感謝します。

ハサミ男の秘密の日記

一九九九年四月三日（土）

近所の書店に出かけたら、〈小説現代五月増刊号メフィスト〉が雑誌コーナーに平積みになっていた。

三月末から毎日書店に通い、発売を心待ちにしていたので、すぐに手にとり、「原稿募集座談会」のページをめくった。昨年（一九九八年）十一月に殊能将之《しゅのうまさゆき》が投稿した長編ミステリ『ハサミ男』がどうなったか、ずっと気になっていたのだ。

結果はすぐにわかった。タイトルページにいきなり「メフィスト賞！　『ハサミ男』」と書いてあったから。

座談会の講評を読んでみた。

A　では次。『ハサミ男』！

F　僕、これ、最高に面白かったんですよ！

D　主人公は連続殺人鬼。たまたま自分がやっていない一件で罪をなすりつけられてしまったせいで捜査に乗り出す。こいつ、自殺願望があるんですね、殺人鬼のくせして（笑）。

F　今を生きている人間の病巣をきちんと書いている。芥川賞候補だ！

I　（笑）全然違うと思うよ。

F　まぁいいんだけど（笑）。僕、これは推します。作者がかなり冷静に世界を見つめつつ、登場人物をコントロールしています。無駄な表現もない。そして、推理小説としても結着をつけています。完成度が抜群に高いぞ！

A　僕も読みました。とてつもなく高い山、深い谷は見当らなかったけど、これはこれで見事な百点満点の「メフィスト賞」だと思います。ありがたいことです。

D　著者が本当に緻密でクールに書いているんです。梗概からしてぶっ飛んでいる。センスの凄さが充満していますね。
C　シンプルだけど細部がいい。
A　キャッチコピーが「シリアル・キラーが探偵役の謎ときミステリ」だもんね。三十四歳、職業が家事手伝いというのも実にいいよなぁ。

まあ、読者の期待をあおる前宣伝も兼ねているだろうから、割り引いて読まなければならないが、ほめられたことは素直にうれしかった。

しかし、メフィスト賞を受賞したのなら、どうして受賞通知が来なかったのだろう？　同居していた兄がなにも言わずに出ていったとき（彼には放浪癖があるのだ）、わたしにひと言の相談もなく勝手に電話を止めていったから、電話がかかってこないのは当然だ。でも、手紙ならちゃんと届くはずだが……。

そんなことを考えながら、座談会を読んでいったら、末尾でびっくりした。


（座談会より数日が経過）

F　大変です！　「メフィスト賞」、『**ハサミ男**』の作者がつかまりません！　電話は転居のためつながらないし、電報も住所不明で戻ってきてしまいました……。どうしましょう？

A　（またもやなぜかうれしそうに）タハハ。参ったなあ。「メフィスト」で呼びかけるしかないじゃない。作中に出てきたショスタコーヴィッチの「ピアノ三重奏第二番」、買ってきて聴きました。了解しました。それに「ヴァレリー」「セガンティーニ」も素敵です。僕もCさんみたくラブコールをおくります。「僕はあなたが大好きです」

J　はなっから伝説ですねえ。

一同　というわけで、『**ハサミ男**』の著者の方、至急編集部までご連絡よろしくお願いいたします！　**ウィ・ウォンチュー！**

電報はきっと、三月中旬のずっと寝こんでいたころに届いたのだろう（わたしは体がじょうぶじゃないんです）。ドアをノックしても誰も出てこないから、配達人が持って帰って、そのまま「住所不明」になってしまったわけだ。

わたしは北沢克彦《きたざわかつひこ》[*1]のことを思いだした。彼が翻訳した短編[*2]が『この不思議な地球で』に収録されたときも、ちょうど病気で寝こんでいたため、連絡がつかなかったらしい。巽《たつみ》[*3]先生、紀伊國屋書店出版部のみなさん、あのときはすみませんでした。

わたしは、出版社からの連絡がつながらない運命にあるんだろうか？　もしそうなら、文芸エージェントには向いてないね、絶対。

一九九九年四月四日（日）

文芸エージェントに不向きな宿命を背負っているとはいえ、まさか、ほうっておくわけにもいかない。なんとか講談社に連絡するすべを考えなければならなかった。こういうときに頼りになるのは、姉しかいない。わたしは姉に相談することにした。

自分の書いた長編小説が出版されるかもしれない、と少し得意げに言ったら、姉の返事はこうだった。

「それ、いくらになるんや？」

「わかんないけど……」

ほんとうにわからなかった。講談社ノベルスでは、新人のデビュー作を初版何部に設定するのか？　この不況のご時世だから、大手出版社といえども、そんなに大盤ぶるまいはできないだろう。あまり期待しないほうがいい。

「そうだなあ。七百枚の小説だから、一枚千円で売ったとしても、七十万円。まあ、最低そのくらいにはなるんじゃないかな」

「七十万！」

姉は金額に感心したのではない。逆である。

「あんたなあ、たかが七十万稼《かせ》いで、どうすんの。先の保証もないんやろ？　ちゃんと仕事見つけたほうがええで」

姉は唯物論的フェミニストなのである。本人はフェミニズムなんて言葉は知らないのだが、わたしから見ると、そうとしか思えない。だいたい、姉は小説なんか読まないのだ。

一方、つい先々月まで同居していた兄は、三島由紀夫《みしまゆきお》ファンの文学青年である。兄ならきっと、小説が出版される（かもしれない）こと自体を喜んでくれただろう。無事に出版されたら、ちゃんと読んで、批評のひとつも語ってくれたかもしれない。

しかしながら、仮にも小説を書いた身でありながら、わたしは圧倒的に姉のほうと話が合う。われながら不思議なんだけど、兄の文学趣味はどうも好きになれない。たぶん、それが趣味にすぎないからだろう。

姉の言うとおり、仕事をみつけるにしても、とりあえず金が入る（かもしれない）んだから、と説得して、翌日、姉の家の電話を借りる手はずを整えた。

一九九九年四月五日（月）

姉の家に行き、講談社に電話した。

「はい、文芸図書第三出版部です」

「あの、わたし、殊能将之というペンネームで『ハサミ男』という小説を投稿した者なんですが……」

「あっ」驚きの声。「はいはい、いまFと替わりますから」

文三では、みんな座談会のイニシャルネームで呼びあっているのだろうか。次は「お電話替わりました。わたしがFです」と言われたりして。

当然のことながら、電話口に出た男性は本名を名のった。無断で実名を書くわけにもいかないので、ここではFさんのままにしておこう。

「ご連絡お待ちしてましたよ」と、Fさんは言った。「〈メフィスト〉をお読みくださったんですか」

「ええ。すみません、お手数かけて」

「いえいえ。あのね、わたし、*4田《た》波《なみ》さんの先輩なんですよ」

「はあ？」

いきなり、なんの話だろう。もしかしたら、名古屋大学ＳＦ研究会の先輩なのか？ 講談社に就職した人、いたっけ。

「実はぼくも福井《ふくい》県出身でして」Fさんは説明してくれた。「田波さんと同じ藤島《ふじしま》高校の卒業生なんです。二年先輩になるのかな」

高校の先輩なのか。でも、Fさんはなぜわたしの出身高校を知っているのだろう。

「田波さんと連絡がつかないものですから、いろいろ手をつくして探してたんですよ。それで、藤島高校の卒業名簿でお名前を見つけたんです。そこから保護者の住所を調べれば、ご連絡できるかと思いまして」

氏名、年齢、住所だけで、そこまで調べがつくものか。すごい情報収集力。講談社というのは、おそろしいところである。講談社中央情報局（ＫＣＩＡ？）という部署があるのではないか、と思った。

「じゃあ、とりあえずご連絡先を教えていただけますか」

「わかりました」わたしは姉の家の電話番号を告げた。「ここに電話していただければ、わたしがいるかどうかはわかりませんが、確実に連絡はとれますから」

「これ、武生市《たけふ》の電話番号ですね」と、Fさんは言った。さすが同郷だけのことはある。「武生に引っこされたんですか」

「いえ、べつに引っこしたわけじゃないんですよ。電話が止まってるだけで。住所は送り状に書いたままです。郵送物はそこに送ってもらえば、届きます」

「失礼ですけど、止められたんですか」

「いや、電話を止めちゃった人がいましてね」事情を説明するのは難しかった。「まあ、いろいろありまして」

「そうですか」

納得したとはいいがたい声だった。

それから本題に入った。Fさんの話を要約すると、こうだ。メフィスト賞受賞ということで、『ハサミ男』は出版の方向で話が進んでいる。ただ、原稿を読んだ編集者のなかには「トリックも犯人も丸わかりだ」という意見もあり、多少の改稿が必要かもしれない。また、次作を書く意思があれば、ぜひ拝見したい。

「とにかく、一度お会いして、直接お話したいですね。一度、上京していただけませんか。もちろん交通費はこちらで負担します。お忙しいようでしたら、ぼくがそちらに行ってもいいですし」

「だいじょうぶですよ。わたしは暇だけはありますから」

と、わたしは答えた。講談社を見学できる機会など、めったにあるものではない。

「座談会でも話しましたが、ぼくはこの作品をとてもおもしろいと思ってるんですよ」

Fさんはそう言ってくれた。うれしい。

「どうもありがとうございます」

「それでですね、ええと……」と、Fさんは困ったような声になって、「ぶっちゃけた話なんですが、そちら、いったいどういう状況になってるんですか？」

不審に思うのも無理はないだろうな。電話はつながらない。電報を打っても届かない。ようやく電話してきたと思ったら、連絡先として謎の電話番号を告げて、「そこにはいないが連絡はつく」と言う。わたしが講談社の編集者でも疑念をいだくにちがいない。

しかし、家庭の事情を事細かに説明するのも気がひけた。

「ええと、わたしは実家に寄食している身なんですが……」

「フリーターですか」

「いえ、病気療養中なんです。三年前にちょっと病気しましてね。三年前までは、東京で就職していたんですよ」

「東京のどちらに？」

「目黒区鷹番《めぐろたかばん》ですよ」わたしは笑った。「本当は目黒本町《めぐろほんちょう》でしたが、あのあたりに住んでいました」

「ああ、それで小説に細かく書けたんですね」Fさんは納得したという口ぶりで、

「お仕事はなにを？」

「編集プロダクションに勤めてました。小さな会社でしたが」

「そうですか」

　Fさんはそう言うと、声をひそめて、

「あの、あなた、本当に自殺願望があるんじゃないでしょうね」

　そんなふうな話しぶりに聞こえたのかな。きっと「病気療養中」という言葉がまずかったのだろう。それとも、もっと受賞の喜びをあらわにすべきだったのか。わたしは少し反省した。

とりあえず連絡がついてよかった、ということになって、話は終わった。

「これは第十三回メフィスト賞になるんですか？」わたしはFさんに訊《たず》ねた。

「いえ、正式に第何回というのはないんですよ。本になった順番につけてるだけで」

Fさんは苦笑して、「そんなに権威のある賞じゃありませんから」

そうかな。メフィスト賞はもはやひとつの権威だと思うけど。

「いや、第十三回メフィスト賞というのは、縁起がいいのか悪いのかわからないなと思いまして」

「縁起がいいでしょう。ぼくはそう思いますよ」

Fさんはそう言って、電話を切った。

「どうやった？」帰宅した姉が訊《き》いた。

わたしは結果を報告した。

「というわけで、講談社のFさんという人から電話があるかもしれないんだ」

「わかった、聞いとくわ。あんた、これから毎日うちに電話してき。連絡あったら、そのとき伝えたるから」

「昼間に連絡があったらどうするの？　電話に出るのは良子《りょうこ》ちゃんか里子《さとこ》ちゃんだろう？」

ふたりは姉の娘で、上は高二、下は中三になるところだ。いまはちょうど春休みだから、昼間は家にいる。ちなみに彼女たちは『ハサミ男』に登場する椿田《つばきだ》亜矢子《あやこ》のモデルでもある。

「ふたりにも言うとく」

姉の家から帰る途中、わたしはふと思った。電話口に十代の少女が出て、「わかりました。正兄ちゃんに伝えときます」と返事をしたら、Fさんはどう思うだろうか。謎は深まるばかりだろうな。

一九九九年四月十三日（火）

姉の家に定時連絡したら、賢太郎《けんたろう》くん（甥《おい》、入試に失敗して浪人中）が出て、「講談社のFさんという人から電話がありましたよ」と言った。さっそく講談社に電話する。公衆電話からなので、もちろんコレクト・コールだ。

「あ、どうもどうも」

無事つながると、Fさんはまずこう訊いてきた。

「あの、いまどちらにいらっしゃるんですか」

「自宅の近くの公衆電話ですけど」

「自宅に戻られたんですか」

ずっと自宅にいるのだが、説明するのもめんどうなので、

「ええ、まあ」

と答えた。

「いや、教えていただいた電話番号にかけたら、女の子が出たもんですから……」

予想したとおり、電話を受けたのは良子ちゃんか里子ちゃんだったらしい。思わず笑いだしそうになった。

それから用件に入った。編集者の疑問点を鉛筆で書きこんだ原稿は、四月中に送付する。講談社としては九月発売を目標としており、訂正した原稿は五月中には返送してほしい。六月にずれこむのは困る。それからゲラになり、校閲と著者校をへて、やっと本になるというわけだ。

Fさんは、わたしの現状がどうなっているのか、知りたがっているようだった。むりはない。わたしもべつに説明したくないわけではないのだが、電話で話すにはいささかこみいりすぎていた。上京して直接お会いしたときに話す、と伝えた。

「こちらの疑問点以外にも、なにか訂正したいところがあれば、どんどん直して、いいものに仕上げてください」

と、Fさんは言った。

「じつは〈メフィスト〉を読んだ人から、もう反応が来てるんですよ」

読者からハガキかEメールでも届いたのだろうか。

「いえ、うちとつきあいのある作家の方から、『あれ、おもしろそうだね』『早く読みたい』という声がありましてね」

身にあまる光栄。具体的には誰がそう言ったんだろう、と思ったが、訊くのはさしひかえた。

「ですから、いいものに仕上げていただいて……まあ、売れればいちばんいいんですけど、それなりに評価を受けて、地歩を確立するのが、あなたにとってもいいと思うんですよ」

状況がわからないにしても、ただごとではないと思って、わたしのことを心配してくれているのだろうか。原稿募集座談会では「いつも反応いい」そうだし、この人、けっこうナイス・ガイなのかもしれない。

「第二作目のほうもがんばって書いていただければ……」

「ええ、それはやっていますから」

では、原稿を送付したときにまた連絡する、とFさんは告げて、電話を切った。

一九九九年四月二十六日（月）

「講談社から電話あったよ」と姉が言った。

「原稿の直しを送ったって？」

「ううん、電話ほしいって」

そこで公衆電話から講談社にコレクト・コールをかけた。

「手紙、届きましたか？」

電話に出るなり、Fさんはそう言った。

「原稿ですか」

「いえ、わたしの名刺を添えて、テレホン・カードをお送りしたんですけど」

心のなかで、思わず笑ってしまった。そりゃ、いちいちコレクト・コールをかけられたんじゃ、講談社も迷惑だよなあ。

「まだ届いてません」

「そうですか」とFさんは言って、「いくつかお訊きしたい点があって、お電話してほしいと伝言したんですが……」

まず訊かれたのは、「トリックも犯人も丸わかりだ」という編集部内の意見に関することだった。作者としては、そのへんをどう考えているのか、あくまで読者をひっかけたいのか、それとも途中でバレてもいいと考えているのか、方針を問いたい、というわけである。

「トリックも真犯人も、半数以上の読者が途中で見破るだろうと覚悟していました」

と、わたしは答えた。

「実際の作品がそうなっているかは別問題ですが、わたしの意図としては、そのあとの趣向と展開でびっくりしてもらえればいいと思っていたので」

「それならですね、もっと大胆というか、読者にバレてもいいという書き方をしたほうがいいんじゃないか、と思うんですよ」

なるほど、徹底性が足りないというわけか。わたしとしては、かなりあからさまに、見え見えに書いたつもりだったが、もっと押してもいい、というのが講談社側の判断らしい。

こういうことは作者にはわからない。なぜなら、作者はストーリーを熟知したうえで、書いているからだ。したがって、なにも知らずに読み進める読者がどう感じるものなのか、まったく見当がつかない。有益なアドヴァイスだと思った。

つづいて、Fさんはこう言った。

「それから、〈マルサイ〉〈マルキ〉はだめです。表現を変えてください」

これには少しびっくりした。

『ハサミ男』には犯罪心理分析官（プロファイラー）が登場するのだが、警察内では〈マルサイ〉〈マルキ〉というスラングで呼ばれている、という設定だった。

初稿から引用すれば、

マルサイとは三年前に警視庁科学捜査研究所内に新設された犯罪心理分析官職を意味する内輪《うちわ》の呼び名だった。サイはサイコパス、すなわち精神病質者を指す。二〇世紀末から急激に増加した無動機殺人や快楽殺人に対応するため、警視庁が重い腰を上げげたのだ。

〔……〕ノンキャリア組の一部では、犯罪心理分析官はマルキという明らかな蔑称《べっしょう》で呼ばれていた。キはキじるしのキ、さらに言えば活字にすることがはばかられる四文字言葉の略である。以前、ある署の刑事がマルキ、マルキと連発していたことが週刊誌にすっぱ抜かれて、本人は厳重注意処分、署長が記者会見で陳謝する騒ぎがあって以来、この言葉は警察官にとって禁忌《きんき》の一つとなっていた。

これはジョークのつもりだったのだが、まさか本当にダメ出しされるとは思わなかった。シャレにならない、とはこのことだ。

「キじるしはともかく、サイコパスもだめなんですか」

「ええ、もうそろそろ使えなくなってきてますね」

Fさんは奥歯にものがはさまったような口調になって、

「つまり、精神障害者やその関係者の方々が実際にどう思うかではなくて、そうした言葉づかいをもとに講談社になんらかの攻撃をしかけてくるかもしれない人たちが存在するということが問題なんでして……」

さわらぬ神にたたりなし、ということわざが頭に浮かんだ。

そういえば、昔、小沢淳《おざわじゅん》さんが小説に「四つ足」という言葉を使ったら、編集者から訂正を求められた、という話を聞いたことがある。あれも確か、講談社じゃなかったかな。その話をしながら、[*5]永田《ながた》さんがえらく激怒していたのを覚えている。

しかしながら、わたしは編集者の大変さや苦労が少しはわかる身なので、

「わかりました。じゃあ、なんか考えますよ」

と答えてしまった。志が低くて、どうもすみません。

でも、正直にいわせてもらえば、芸術志向で妙にプライドの高いペイパーバック・ライターなんて、何様のつもりだと思う。

あの[*6]『アインシュタイン交点』でさえ、ドナルド・A・ウォルハイムに手を入れられた。ごく短いとはいえ、一章まるごと削除されたうえ、題名まで変えられたのだから、ディレイニーはそうとう不愉快な気分になったにちがいない。

だけど、皆さん、『摩訶《まか》不思議な混沌とした闇黒』なんて題名の長編SF、読みたいと思いますか。どう考えても、ウォルハイムのほうが正しい。

その後、ディレイニーはすっかり偉くなり、思うがままに小説を書けるようになった。その結果、生まれたのは、自意識過剰で小難しい「芸術作品」である。わたしは『トライトン』を読みかけて、第一章の途中で投げた。なにが書いてあるか、さっぱりわからなかったからだ。「それはあんたに英語力がないからだ」と言われたら、返す言葉もありませんが。

*7『回想のジョン・ケージ』というインタヴュー集で知ったエピソードだが、アメリカの作曲家ジョン・ケージは、同世代のフランスの作曲家であるピエール・ブーレーズを「アカデミックな作曲家」と呼んでいたそうだ。これは悪口なんですね。そのココロは「大学の研究者以外はだれも聴かない」というわけ。

　わたしはディレイニーに「アカデミックなSF作家」にはなってほしくないと切に願っているのだが、たぶん、もう手遅れだろう。まあ、本人がアカデミズム志向なんだから、しかたがない。

「ところで」とFさんが言った。「この〈医師〉という探偵役ですが、こうしたキャラクターを前面に押しだしてみるつもりはありませんか」

　人物設定まで直せというのだろうか。そんなことをしたら、話のつじつまが合わなくなることは、プロの編集者なら一目瞭然《いちもくりょうぜん》のはずだが……。

　しかし、Fさんの口ぶりは、どうも、そういう意味ではなさそうだった。

「あの、言っている意味がよくわからないんですけど」わたしは訊き返した。

「つまり、うちでは、探偵役のキャラクター重視の作品がけっこう売れゆきがいいものでして……いえ、べつにそういう作品を書けと言っているわけではないんですけど」

またもや内心、笑ってしまった。要するに「次は名探偵が出てくるシリーズ物を書け」ということだった。

そんなこと、言われなくてもわかっている。いま構成を立てている最中の長編ミステリ『美濃牛《みのぎゆう》』は、岐阜《ぎふ》県の山あいにある架空の村を舞台にした横溝正史《よこみぞせいし》風の作品になる予定で、ちゃんと名探偵が出てくる。名前もすでに決まっていて、石動戯作《いするぎぎさく》という。当然、シリーズ化するつもりである。そのほうが講談社ノベルス向きだと判断したからだ。

ところで、まだデビューもしていない新人作家なのに、こんなよこしまなことを考えていていいのだろうか。もうちょっと純な心で、ミステリの歴史に残るような大傑作をめざしたほうがいいのかもしれない。これでは江戸川乱歩《えどがわらんぽ》先生の霊に申しわけない。

わたしは少し反省して、「はいはい、次は名探偵を出します」とは答えず、あいまいな返事をした。

「では、こちらの疑問点を鉛筆書きした原稿は、明日にでも速達で発送します」

「わかりました。それを見たうえで、ご連絡すればいいですね」

「ええ、お願いします」

ゴールデン・ウイークは祝日が休みなので、四月三十日に電話してくれるとありがたい、と告げて、Ｆさんは電話を切った。

一九九九年四月二十七日（火）

昨日の電話にあったとおり、講談社のＦさんから手紙が届いた。

「メフィスト賞受賞おめでとうございます」と書いてある。ひと月遅れの受賞通知ですな。

「ご笑納ください」と同封されていたのは、赤川次郎《あかがわじろう》『三姉妹探偵団』テレカが六枚でした。

一九九九年四月二十八日（水）

図書館から帰ってくると、郵便受けに大きな書籍小包がつっこんであった。講談社から原稿が返却されてきたのだ。

部屋に持っていったが、すぐに開ける気にはならなかった。

なんというか、試験の答案がもどってきたときのような気分だった。全ページ真っ赤っ赤に朱筆が入れられたうえ、「ヘタクソ」「意味不明」「バカ」などと書きこまれているのではないか、と不安になってくる。

煙草《たばこ》を吸い、コーヒーを飲み、もう一本煙草を吸った。それからXTCの「シザー・マン」を聴き、アンディ・パートリッジ様のご加護を受けて、ようやく封を開ける決心がついた。

おそるおそる原稿に目を通して、ほっとした。鉛筆書きのコメントが数ページごとに書きこまれてはいたが、直しというよりも感想やアドヴァイスがほとんどだった。これなら二週間ほどで直せるだろう。

一九九九年四月三十日（金）

姉の家で電話を借りて、講談社に連絡した。

Fさんは不在だったので、電話に出た女性に「原稿の直し受けとりました。二週間くらいで直せると思うので、五月十七日には返送します」と伝言する。今日の用事はこれでおしまい。

ところで、ゴールデン・ウイークが始まっているので、姉の家族は全員家にいたのだが、わたしが講談社からデビューすることに驚いてくれる人はひとりもいなかった。

恐ろしいことに、この家の人間はだれひとり小説なんか読まないのである。

まず、義兄（姉の夫）は分量にしか感心してくれなかった。

「正くん、何百枚も文章を書いたんだって？　すごいなあ。ぼくが小学校で作文書いたときは、五枚で挫折してね……」

作文といっしょにしないでほしい、とわたしは内心ぼやいた。

「あんた、当座のお金が入ったら、ちゃんと仕事探しや」

と、姉はあいかわらず、小説家などというものを職業とは認めていない。

ふたりの姪《めい》にいたっては、まったく無関心である。オリーブ・デ・オリーブやプラダなどのブランド名にはやたら詳しいのだが、「コーダンシャ」なんて名前は聞いたこともないのではないか。『金田《きんだ》一《いち》少年の事件簿』を出版している会社だといったら、感心してくれるかな。

というわけで、非常にさびしい思いをしたのだが、その一方で、「姉の家族はみんな健全だなあ」と感動もした一日でした。

一九九九年五月一日（土）以降

連日『ハサミ男』の直しを進める。

買物に行く以外は、ほとんど家から一歩も出ず、ずっとワープロに向かっている。[*8]「リスの檻《おり》」状態である。

原稿のコピーに書きこまれた鉛筆書きを読むと、いろいろ発見があっておもしろい。なるほど、小説の編集者というのは、こういう点を気にするのか。

●警察が遺体発見現場のまわりに張る青いビニール・シートを「街にやってきたサーカスの天幕のようだ」と書いたら、

《警官の内面描写としては不謹慎ではないか》

●電話での会話。

探偵「先生は樽宮《たるみや》さん（被害者の女子高生の名前）と親しかったんでしょう？」

高校教師「そんなことを聞いてどうするつもりだ」

《反応がストレートすぎる》

●ステンレススチールのハサミの先端を棒やすりで尖らせるのに何日もかかる、と書いたら、

《一日でできる》

●真犯人の動機を説明したくだりに、

《動機、ウーム……》

ネタばらしになるので詳しくは書けないが、「動機にリアリティがない」という意味らしい。殺人事件に必然性を求める編集者が講談社ノベルスにいることを知って、安心した（皮肉じゃないよ）。

しかし、この部分は訂正不可能なので、直さなかった。読んでのお楽しみ。

●「サイコパス」が不可になったことはすでに書いたが、そのほかこんな表現を不適切と感じるらしい。

躁鬱病患者のような～
中小企業↓小さな会社
～は貧しい子供たちのようだ
日雇い
分裂気質

ところで、「サイコパス」は不可でも、「精神病質者」は可であるらしいのが、不思議である。同じ意味なんだけどなあ。

編集者からの指摘以外にも、危ない言葉はなるべく減らした。べつに言葉づかいはどうでもいい。「キチガイ」と書くことが過激でかっこいいなんて、全然思わないし。

第一、いかに表現に配慮しようが、『ハサミ男』を読んで怒る人は怒るのである。

こういう発想自体が許せない、と感じる人は少なからずいるだろう。比喩的にいえば、「朝日新聞社からは出版できない小説」なのだ、これは。

一九九九年五月十三日（木）

ようやく『ハサミ男』の直しが終わった。

即座にプリントアウトとフロッピーを封筒に入れ、郵便局に持っていって、講談社に送った。

細かい部分や文章を気にしだしたら、きりがない。こんなものは手元に長く置かないほうがいいのだ。

一九九九年五月二十八日（金）

図書館から帰ると、郵便受けに大きな封筒が入っていた。講談社からの郵便物である。

『ハサミ男』がもうゲラになったのかね。まさか。ほんの二週間前に返送したばかりだよ。

そう思いながら、部屋に持っていって封を切ったら、本当に初校ゲラだった。フロッピー入稿はすごいね。

Fさんからの手紙がついていた。

前略

初校ゲラ同封いたします。よろしくご査収ください。

今後の進行につきまして、以下、列記させていただきます。

1 お渡しいたしましたゲラを再読して、加筆訂正を入れておいてください。終わった時点では、お手元に留め置きください。

2 こちらでも、専門の校閲および、私が再読して訂正を入れます。

3 こちらが見終えました時点で、お会いいたしまして正式な著者校の作り方をお伝えいたします。だいたい六月十日前後かと思います。

4　週明けましたら、一度お電話いただけないでしょうか。

では、お会いできますこと、楽しみにしております。

草々

どうやら、六月中には「講談社見学ツアー」に出かけられそうな気配である。

一九九九年五月二十九日（土）

一日じゅう『ハサミ男』初校ゲラを読んでいた。

いちおう赤のボールペンを右手に持ってはいたが、ほとんど使わなかった。誤字脱字、不統一な表記、ルビの間違い、それからフロッピー入稿ならではの改行の間違い（文章の途中で改行されていたりする）などなどを直すだけで、「著者の加筆訂正」なんかする気はまったくない。

初校ゲラで真っ赤に直すくらいなら、訂正原稿をつくるとき、〆切ぎりぎりまでねばってるよ。
それに、並行して、講談社のプロの校閲者に見てもらえるのだから、わたしなんかが校閲する必要もない。この段階まで来たら、著者は気楽なものだ。

初校ゲラを読んでいると、いろいろなことが頭に浮かんだ。

●小鷹信光《こだかのぶみつ》氏が『翻訳という仕事』で「手書きの汚い原稿が初校ゲラで活字になる。この感動はワープロユーザーにはわかるまい」といった意味のことを書いていた。しかし、ワープロで原稿を書いたわたしでも、初校ゲラには感動した。フロッピー入稿だからDTPだろうが、書籍用のフォントを使って、二段組で、文字組も整えられた初校ゲラは、わたしの安物のワープロのプリントアウトとはまったくちがう。
●小林信彦《こばやしのぶひこ》氏がどこかで書いていたが、松本清張《まつもとせいちよう》『ゼロの焦点』は雑誌連載時には間違いだらけで、〈宝石〉のベテラン校閲者が時刻表のミスを全部直したらしい。わたしの小説もそういう凄腕《すごうで》の校閲者にあたるといいな。だって楽だもん。

●都筑道夫《つづきみちお》氏によれば、「自分の書いた小説がいちばんおもしろく読める」らしい。(確か『推理日記』で読んだ話)

これ、本当ですな。ゲラという形で、わりと客観的な立場で読んだら、おもしろいのなんのって。原稿用紙七百枚近くあるのに、夜中までかけて、一気読みしちゃいましたよ。

わたしは殊能将之とかいう新人作家のファンになったね。〈このミス〉からアンケート依頼が来たら、一位に投票しよう。頼まれたら、帯に推薦文を書いてあげてもいい。

「著者絶賛！」

一九九九年五月三十日（日）

昨夜遅くまで『ハサミ男』に読みふけっていたので、ふらふらしながら、書店に行く。

初校ゲラで『ハサミ男』が３６８ページになるとわかったので、同じページ数の講談社ノベルスを探した。

あった。『すべてがFになる』。そうか、だいたいこのくらいの束《つか》になるのか。われながら不純だと思ったが、定価を確認する。854円。これは消費税5％以前の定価の改訂だろうから、現時点の定価設定は880円と見た。

ということは、初版一万部で印税88万円。源泉徴収が一割だから、手取りは80万円足らず。まあ、そんなもんだろうなあ。

十万部売れたら800万円、百万部売れたら8000万円だ。だが、京極夏彦《きょうごくなつひこ》先生でさえ、全著作総計（公称）二百万部だというのに、新人の処女作がそんなに売れるわけがない。

しかも、8000万円といっても、小説家は確定申告だから、収入の半分以上は税金。印税成金なんて夢のまた夢だなあ。長者番付に載るには、鬼のような量産体制をとるか、TV・映画・ゲーム化の版権料が入らないと無理だろう。

こういうことを考えると、一部のミステリ作家の方々がサイコロ本を書きたがる気持ちも理解できる。

読者は定価880円だろうが、定価1200円だろうが、たいして気にしない。その作家のファンなら購入するだろうし、分厚いほうが大作だと思って、逆に歓迎するかもしれない。

ところが、作者にとっては、定価８８０円と１２００円では収入が大ちがいだ。初版一万部として、手取り80万円と１０８万円の差は大きい。定価の差が一万倍に増幅されるわけだ。増刷がかかれば、さらに増幅率は高まる。

推敲の形跡もなく、むだな部分だらけのやたらに長い小説が世にはびこるのも、当然といえば当然である。

わたしも原稿用紙換算二千枚くらいの「大作」を書きたいところだが、残念ながら、そんな根性はない。『ハサミ男』だって、原稿段階で訂正を入れたら、逆に短くなってしまった。これでは儲《もう》かりません。

かつてジャン＝リュック・ゴダールは、インタヴューでこう語った。

「最近の映画は長すぎる。いくらなんでも、上映時間二時間半はないだろう。それなら、同じフィルムを使って、一時間十五分の映画を二本つくったほうが、よっぽどおもしろいだろうに」

わたしもそう思う。

一九九九年五月三十一日（月）

スーパーマーケットで買物をした帰り、公衆電話から講談社のFさんにコレクト・コールした。

「初校ゲラ、届きましたか」と、Fさんは言った。

「ええ。先週の金曜日にいただきました」

「では、今後の進行について、ご説明します」

現在、『ハサミ男』の初校ゲラは専門の校閲者（講談社の校閲部だろう）に回っているし、Fさんももう一度目を通している。校閲者は主に表記の統一や日本語のミスをチェックし、Fさんは作品内容に立ち入ってチェックする。明らかな間違いで訂正しなければならない部分は赤字で、疑問点は鉛筆書きで記入される。わたしのほうで、それらを検討したうえ、わたし自身の直し（著者校）を加えて、初校が戻される。

その後、再校が出る。これも一応、わたしの手元に届くが、あまり大きな直しを入れられるのは困る。大幅な加筆訂正をしたいのなら、あくまで初校でおこなってほしい。

「校閲は八日までにあげると言っていますから、だいたい十日ごろに、一度上京してもらえれば、ありがたいんですが」

「いいですよ。わたしのほうは、いつでもかまいません。十日にしますか？」

「いや、ちょっと宇山《うやま》部長のスケジュールのほうが、まだわからないものでして……」

*9宇山日出臣《ひでお》部長にも、お目にかかれるらしい。光栄だねえ。

「宇山さんにもお会いできるんですか」わたしは笑って、「楽しみですね」

「ええ、あの伝説の部長です」Fさんも笑った。

「では、いつ上京すればいいかわかったら、手紙なり、姉のところに電話するなりして、ご連絡くださいよ。ところで、交通費の精算はどうしますか？」

「それは〈渡しぎり〉にします」Fさんは答えた。「お会いしたときに交通費と宿泊費をお渡ししますから、ハンコを持ってきてください。あと、ホテルもこちらでご用意します」

そういう方式を〈渡しぎり〉というのか。

「以前、法月綸太郎《のりづきりんたろう》さんがお好きとおっしゃってましたね」Fさんはつづけた。

確かに、どういう作家が好きか、と訊かれたので、そう答えたことがある。

「ええ」

「出版の際に推薦文をつけたいと思ってるんですが、法月さんがいいですか」

一瞬、「巽孝之《たかゆき》さんにお願いしたらどうですか」と言いそうになったが、思いとどまった。作者の本名が田波某だと伝えれば、推薦文くらい書いてくれるだろうし、売れゆきに貢献するかどうかはともかく、「巽孝之推薦の講談社ノベルス」というのは、冗談としてはおもしろい。（大森望《おおもりのぞみ》氏推薦ではあたりまえすぎて、おもしろくない）

だが、ちょっとシャレがきつすぎるし、それに、わたしのほうから手の内を明かすのは、まだ早すぎるだろう。

「どなたでもかまいませんよ、ほめてくださるなら」と、わたしは答えた。「そのへんはFさんにおまかせしますよ」

「〈メフィスト〉を見ていただければ、おわかりだと思いますが、いまうちの周辺はコミケ＋インターネット状態なんですよ」Fさんはくすくす笑いながら、「ですから、業界騒然、という感じで推薦文ができれば……」

Fさんには悪いけれど、なんだかなあ、と思った。コミケ＋インターネット状態で、業界騒然ですか。へえ、すごいですねえ。

　こういう光景は一度見たことがある。サイバーパンク全盛期のSF界である。いまちょうど、ミステリ界はあの時期にさしかかっているんだな。大森望さんがなんなく適応できるのも、当然だ。

　ということは、あと二、三年でミステリ・ブームも終わりか。

「スター・ウォーズ　エピソード1」が日本公開され、西暦二〇〇一年に「2001年宇宙の旅」が再上映されたあとは、またSFブームが到来するのだろう。みんな「ミステリなんてダサい。これからはSFの時代だ！」と大合唱しはじめる。そして〈新本格SF〉を名のる若手作家が多数登場し、昔ながらのSFファンは眉をひそめるというわけだ。SFファンの皆さん、よかったですね。

　そのころになると、小山正《おやまただし》・若竹七海《わかたけななみ》夫妻が編者になって、『ミステリバカ本』が出版されるんだな、きっと。

　べつに自分から隠居したわけではなく、あくまで病気のせいなのだが、田舎に引っこんでいてよかった、とつくづく思った。東京にいたら、「業界騒然」の渦中にまきこまれるところだ。そーゆーの昔さんざんやったから、もういいよ。

「ええと、上京する日が決まったら、連絡くださいよ」

わたしはそう告げて、電話を切った。

一九九九年六月一日（火）

「Fさんから電話あったよ」電話をかけると、姉が言った。「六月十日午後、上京してくださいって」

「わかった」と、わたしは答え、「そういうわけで東京に行かなくちゃいけないんだ。交通費は向こうで精算するそうだから、とりあえずお金貸してくれない？」

「なにで行くの」

「高速バスにしようかと思ってる。新幹線でもいいんだけど、乗りかえが面倒くさい」

わたしが高校のころから話は出ているのに、北陸新幹線はまだ着工すらしていない。特急で名古屋まで出て、新幹線に乗りかえるのはおっくうだった。

「交通費浮かそうってか？」姉は笑った。

「浮かせないよ。ハンコ持ってこいって言ってたからね。チケットの領収書と引きかえだから、上乗せはできない。不景気なご時世だから、大手出版社も甘くないさ」

「高速バスやと、東京に着くの朝の六時やぞ。どうするんや」

「ま、どこかで時間つぶすよ。それに、泊まるところは講談社が手配するそうだし」

「ちょっと待ち」姉は注意した。「東京から高速バスで帰るつもりやったら、午後十一時三十分発やぞ。泊まったら、次の日丸一日つぶさなあかんよ」

そうか。金もないのに、東京で一日つぶすのはしんどい。それに、いまさら東京見物したいとも思わないし。

「どうするかなあ」

姉が明日、別の用事でわたしの家まで来るというので、そのとき相談することにした。

一九九九年六月二日（水）

飯田蛇笏《いいだだこつ》の句集を読んでいたら、姉がやってきた。

「東京までの高速バスは８４９０円やで。往復で買うなら少しは割引されるわ。でも、往復で買わんと、『帰りは新幹線にする』言うたら少しはお金浮かせるんちゃうんか。チケットはＪＲの駅では買えんよ。京福《けいふく》か福鉄《ふくてつ》（私鉄の名前）に行きさや。旅行代理店で買《こ》うてもええけど、手数料とられるぞ」

わたしの顔を見るなり、ひと息にそこまでしゃべった。挨拶する暇もない。

これは田波家の一族の特徴なのだが、母も、姉も、兄も、他人の言うことをほとんど聞かない。自分でひとり決めして、一気呵成《いっきかせい》にしゃべりまくる。たぶん、わたしも多少はそうなんだろう。

「おはよう」と、わたしは言った。

「おはよう」姉は答え、「で、ホテルはどないすんの」

「高速バスで往復するからホテルは結構です、とFさんに言うつもり。今日、電話借りに行っていいかな」

「今日はあかん。お客さん来てるから」

「そうか」わたしは考えて、「やたらとコレクト・コールで電話するのも悪いしな」

「なんなら、あたしから電話しといたろか？」

Fさんへの連絡は姉に頼むことにした。それから、高速バス代も借りた。持つべきものは肉親である。まあ、「返すときは利子つけや」と言われているけど。

「講談社の最寄りの駅、わかってるんか？」姉はわたしの長旅が心配そうだった。

「それから、帰りも高速バスにするんやったら、乗り場は東京駅の八重洲口《やえすぐち》やで。あのな、東京ディズニーランド行きのバスが出てる……」

「あのね、お姉さん」わたしは苦笑いして、「わたし、十年間、東京に住んでたのよ。たぶん、お姉さんより詳しいよ」

「そうやったな」

「そうそう、講談社から初校ゲラが来たんだ」

わたしはゲラの束をとって、姉に見せた。

「見る？」

「読んでもええんか？」

姉は興味津々の表情になった。

これは意外な反応だった。ミステリはおろか、小説になんか、なんの興味もない人だと思っていたのに。やはり、実の弟が書いた小説となると、話は別なのだろうか。

「うーん。持って帰られるのは困るな」わたしは答えた。「そうね、本になったら読んでよ」

本当いうと、しばらく貸してあげてもよかったのだが、なんとなく気がひけた。姉には高校二年と中学三年の娘がいる。わたしが書いたのが「女子高生を惨殺する殺人鬼の話」だとバレたら、人格を疑われかねない。

[*10]永野《ながの》のりこの気持ちがよくわかった。「これじゃ親戚に正ちゃんの本買ってってって言えないよ！」

姉は帰った。

わたしはワープロに向かい、[*11]磯達雄《いそたつお》の手紙を書きはじめた。ひさしぶりに東京に行くのだから、磯くんにはぜひ会いたい。まあ、彼には事情を説明してもいいだろう。

なにしろ、磯くんは『ハサミ男』の主人公だからね。

[*12]（つづく）

「ハサミ男の秘密の日記」編集部註

＊1　北沢克彦　殊能将之氏の翻訳者としての別名
＊2　「きみの話をしてくれないか」F・M・バズビー／著　北沢克彦／訳
『この不思議な地球で』巽孝之／編　浅倉久志、小川隆、小谷真理、後藤和彦、秋端勉、風見潤、北沢克彦、増田まもる、浅羽莢子、巽孝之／訳　紀伊國屋書店刊　収録
＊3　巽先生　巽孝之。英米文学研究者、慶應義塾大学教授
＊4　田波正　殊能将之氏、本名
＊5　永田さん　永田文広《ふみひろ》。小沢淳氏の同人仲間
＊6　『アインシュタイン交点』（原題：The Einstein Intersection）サミュエル・R・ディレイニー／著　伊藤典夫／訳　早川書房刊
＊7　『回想のジョン・ケージ――同時代を生きた8人へのインタヴュー』末延芳晴／著　音楽之友社刊
＊8　「リスの檻」トマス・M・ディッシュ／著　伊藤典夫／訳
『アジアの岸辺』若島正／編訳　浅倉久志、伊藤典夫、大久保寛、林雅代、渡辺佐智江／訳　国書刊行会刊　収録
＊9　宇山日出臣　当時の文芸図書第三出版部長・宇山秀雄の別名。命名は、島田荘司氏
＊10　永野のりこ　漫画家。『GOD SAVE THE すげこまくん！』講談社刊　他
＊11　磯達雄　名古屋大学SF研究会OB。殊能将之氏、友人
＊12　（つづく）と書かれているが、このつづきが磯氏に届くことはなかった

解説

大森《おおもり》　望《のぞみ》

殊能将之《しゅのうまさゆき》。

この奇妙なペンネームのミステリ作家がデビューしたのは、一九九九年八月、第十三回メフィスト賞に輝く第一長篇『ハサミ男』が講談社ノベルスから刊行されたときだった。いわゆる〝新本格ミステリ〟が勃興期《ぼっこうき》から安定期に入った時代に忽然《こつぜん》と現れた驚異の新星。洗練されたスタイルと新人離れした書きっぷりから、ベテラン作家の変名ではないかという噂も出たほどだった。以後の五年間に、名探偵・石動戯作《いするぎぎさく》が登場する『美濃牛《みのぎゅう》』『黒い仏』『鏡の中は日曜日』『樒《しきみ》／榁《むろ》』『キマイラの新しい城』の五冊と、少年小説『子どもの王様』を発表。最後の長篇となった『キマイラの新しい城』を二〇〇四年八月に出したあと、小説の新作は、リレー短篇企画に参加して書いた「キラキラコウモリ」〈ウフ．〉二〇〇八年五月号）一篇しかない。長い沈黙のあいだも、殊能将之の特異な才能が忘れられることはなく、ファンは辛抱強く新作を待ちつづけていた。だが、その願いもむなしく、二〇一三年二月十一日、殊能将之は七冊の本と短篇一篇を残し、四十九歳の若さで世を去った。

それから三年。ここにこうして、初の短篇集となる『殊能将之 未発表短篇集』が刊行されることになった。

タイトルのとおり、本書に収録された四篇は、いずれも生前には未発表だった作品。しかも、そのうちの三篇、「犬がこわい」「鬼ごっこ」「精霊もどし」は、本書で初めて読者の目に触れることになる。殊能ファンにとっては青天の霹靂《へきれき》とも言うべき発見で、僕自身、講談社の編集者から「殊能さんの未発表原稿が出てきました」と聞かされたときは心底驚いた。デビュー前に書かれた習作というけれど、いったいそんなものがどこにどうして眠っていたのか？

疑問に感じる読者が多いと思うので、まず未発表作品三篇の来歴について、関係者から得られた情報を総合して、若干《じゃっかん》くわしく説明する。

この三篇は、二〇一五年の八月に、現・講談社文芸第三部長の栗城《くりき》浩美《ひろみ》氏が、古い書類を詰めた段ボール箱の中から発見したもの。かつて殊能将之氏の担当を引き継いだ際、前担当者から渡されたファイルの中に、「殊能将之」と署名された短篇が三篇混じっていることに気づいたという。このうち、「犬がこわい」はコピー用紙に印刷されていたが、「鬼ごっこ」「精霊もどし」は感熱紙にプリントされ、文字が消えかけている箇所もあったとか。

出所を調べるため、初代の担当だった佐々木健夫《ささきたけお》氏（「ハサミ男の秘密の日記」に出てくるF氏）にこの原稿を見せたところ、「犬がこわい」は、自分が赤字（ルビ指定など）を入れたものにまちがいないと証言。『ハサミ男』刊行後に、「もし書きためている原稿があれば見せてほしい」と著者に依頼した記憶があるという。

殊能将之の遺稿管理者であり、本書に収録された「ハサミ男の秘密の日記」の受取人でもある磯達雄《いそたつお》氏は、この未発表原稿の存在を知らなかったが、磯氏が名古屋大学SF研究会（後述）時代の友人に問い合わせたところ、そのひとりである渡辺啓一《わたなべけいいち》氏が、殊能氏から受けとったメールの山から、未発表原稿についての記述を見つけ出した。問題のメールは、「A DAY IN THE LIFE OF MERCY SNOW」と題された日記の一部。「ハサミ男の秘密の日記」の続きのような内容で、こうした日記メールが、他にも数人の親しい友人に同報されていたらしい。この殊能日記メールの二〇〇〇年十一月二十八日付に、『黒い仏』の著者校を終えて速達で発送したという記述につづいて、次のような文章がある。

あと、「〈メフィスト〉に短篇をよこせ」とも言われたので、ストックしてあった短編2作も送ることにした。（もうストックはない）

どちらもミステリでもなんでもない（SFですらない）クレイジーな短編で、2年以上前、暇つぶしに書いたものだから、掲載されるかどうかは知らない（笑）。

この二篇が、感熱紙にプリントされていた「鬼ごっこ」と「精霊もどし」。それを講談社に送付したさいに付けられていた手書きのメモも、後日、編集部の資料の山の中から発見された。こちらは二代目の担当編集者、秋元直樹《あきもとなおき》氏宛てで、〈短編2編をお送りします。どちらも2年近く前、暇つぶしに書いたものなので、没でもけっこうです。／もうストックはありません（笑）。ワープロですので、eメールでも送れません。／殊能将之拝〉という文面だった。

まとめると、まず初代の担当者である佐々木氏のリクエストに応じて、一九九九年の秋以降に「犬がこわい」を送り、その後、二代目担当者の秋元氏に、雑誌〈メフィスト〉に掲載できるような短篇はないかと求められ、二〇〇〇年十一月末に追加で「鬼ごっこ」と「精霊もどし」を送ったということになる。

「鬼ごっこ」「精霊もどし」の執筆時期が、メールでは〝2年以上前〟、メモでは〝2年近く前〟となっているが、いずれにしても、作家デビューの前、一九九八年の十一月〜十二月ごろに書かれたものだろう。「犬がこわい」は、たぶんそれよりあとの作品ではないかと思うが、確証はない（他の二篇より前の可能性もある）。

著者の没後、遺されていた短篇が発掘されて単行本化されるというのは、レイ・ブラッドベリやカート・ヴォネガットの例を引くまでもなく、小説の世界ではよくあること。その場合、果たして著者が発表を意図していた作品（もしくは決定稿）だったかどうかが問われるが、本書収録の三篇については、メールやメモや関係者の証言からわかるとおり、〝暇つぶしに書いた〟デビュー前の習作ではあるにせよ、著者自身が編集部の求めに応じて、発表を前提に送付した原稿であることはまちがいない。

デビュー後とは作風が違うせいか、編集部が期待するような本格ミステリの短篇ではなかったせいか、理由はよくわからないが、これらの短篇が〈メフィスト〉などの媒体に掲載されることはなく、原稿到着から十五年の長きにわたって段ボール箱の中で眠りつづけていた。それがこうしてついに読者の目に触れる機会を得たことを、殊能ファンのひとりとして喜びたい。

残る一篇、「ハサミ男の秘密の日記」は、著者の没後、二〇一三年十二月刊行の〈メフィスト〉2013 VOL.3 に掲載された作品。実際には、むしろこちらのほうが、不特定多数の読者の目に触れることを意図せずに書かれたものかもしれない。

この原稿は、前出の磯達雄氏のもとに、ある日とつぜん、それまでしばらく音信不通だった著者から郵送されてきたもの。A４感熱紙に印刷され、最初から「ハサミ男の秘密の日記」のタイトルがつき、原稿の中身も（親族の名前を変えた以外は）ここに掲載されているままだったという。

見てのとおり、『ハサミ男』のメフィスト賞受賞を告げる巻末の原稿募集座談会が掲載された〈メフィスト〉を手にした一九九九年四月三日からの二ヵ月間、まさに殊能将之誕生前夜の出来事が、ヴィヴィッドに綴《つづ》られている。日記形式だが、一種の私小説もしくは小説的なドキュメンタリーとも読める。

磯達雄氏は、『ハサミ男』に登場する目黒西署刑事課勤務の刑事、磯部《いそべ》龍彦《たつひこ》の（名前の）元ネタ。『ハサミ男』が警察ミステリだとすればたしかに主人公格にあたる。

名前を借りたことを告げるために、長く音信不通だった友人にいきなりこんな原稿を送りつけるというのが殊能将之らしい。いや、この段階ではまだ殊能将之はデビューしていないので、ここは作中に出てくる本名を使って、〝いかにも田波正《たなみただし》らしい〟と言うべきか。

以上、経緯の説明が長くなったが、本書は、田波正が殊能将之になる直前に書かれた小説四篇を収めた作品集ということになる。

最初に書いた通り、殊能将之が発表した短篇は、『鏡の中は日曜日』のスピンオフ作品二篇をカップリングした『樒／榁』（講談社ノベルス創刊二十周年記念の書き下ろし競作企画〈密室本〉の一冊として刊行。のち、講談社文庫版『鏡の中は日曜日』に収録）を別にすると、アンソロジー『9の扉』（角川文庫）に収録されている「キラキラコウモリ」一篇だけしかない。これは、執筆者が次の執筆者を指名し、〝お題〟を手渡すリレー形式の雑誌連載企画で、二番手の法月綸太郎《のりづきりんたろう》が〝コウモリ〟のお題で殊能将之を指名。その結果誕生したのが、コウモリのカチューシャをした女が登場するこの作品だった（題名は『不思議の国のアリス』に出てくる「キラキラ星」の替え歌に由来）。『樒／榁』も「キラキラコウモリ」も、一種の企画もので、独立した短篇とは言いにくいので、新発見の三篇がいかに貴重かはご理解いただけると思う。

　内容については立ち入らないが、〝若書き〟や〝習作〟という言葉から連想されるような作品ではなく、小品ながら、それぞれに殊能将之らしい企《たくら》みがあり、短篇としてきちんと完成されているので、どうかご心配なく。というか、僕自身、はたして大丈夫だろうかとドキドキしながら本書のゲラを読みはじめたのだが、読み終えて安心しました。デビュー後の長篇群とタイプは違うものの、まぎれもなく殊能将之の刻印が捺《お》されている。なんとなく連想したのは、（たまたま、つい最近、角川文庫版の解説を書くために読み返したこともあって）一九九六年に出た法月綸太郎の短篇集『パズル崩壊　WHODUNIT SURVIVAL 1992-95』。「ハサミ男の秘密の日記」にある通り、新本格ミステリ読者としての田波正は法月綸太郎ファンだったから、著者自身も、もしかしたら多少は意識していたのかもしれない。

　ちなみに「ハサミ男の秘密の日記」の中に、担当編集者のF氏が、『ハサミ男』の推薦文を依頼する相手として「法月さんがいいですか」と著者にたずねるくだりがあるが、このあと、一九九九年八月五日に出た『ハサミ男』（講談社ノベルス版の定価は、著者の予想より一〇〇円高い九八〇円だった）の帯裏には、法月綸太郎が次のような推薦文を寄せている。

最近、推理小説らしい推理小説がないとボヤいている人へ。そんな貴方には、『ハサミ男』との心躍るひとときがお勧め。小気味よいユーモアと警句、三重四重のたくらみを秘めた構成の妙、ありきたりの「狂気」に居直らない志の高さ——異能な才気がほとばしる注目新人の1st.は、久しく忘れがちだったミステリのダイゴ味をたっぷり堪能させてくれる。気分は〈クライム・クラブ〉系、ネオサイコ・パズラーの快作！

この絶賛の効果もあって、『ハサミ男』は最初からミステリファンに注目され、殊能将之はセンセーショナルなデビューを飾る。

……と、ここから先は個人的な思い出話になるが、『ハサミ男』刊行の三週間後、僕が〝殊能将之〟と初めて電話で話をしたときも、話題は法月氏のことだった。そのときの話を、僕は自分が管理するネット掲示板にこんなふうに書いている。

［殊能将之から］いきなり電話がかかってきました。全然まったく変わってない(笑)。めんどくさいので東京には行きたくないが、ヒマなので電話はしてほしい

そうです。あいかわらずわがまま。「法月さんに礼状出したら、返事の葉書をいただいたんですよ。けっこうマメな人ですねー。もう家宝ですよ。でもその葉書に、『次回作がんばってください』とか書いてあって、『他人のこと心配してる場合か。自分はどうした、自分は』とか思っちゃいましたよー。ははは」とか。あいかわらずひねくれている。法月にいさんと呼ぶことにしたらしい。そう言えば、全ミス［全日本大学ミステリ連合］合宿で聞いた話では、一部で法月綸太郎＝殊能将之説が出てるそうで。魂の兄弟かも。［後略］

（一九九九年八月二十五日　新・大森なんでも伝言板）

藪《やぶ》から棒になんでこういう話になるのかというと、『ハサミ男』刊行直後から、新鋭・殊能将之の正体をめぐって、ミステリ界のみならず、この掲示板の常連をはじめとして、SFファンのあいだでも大騒ぎが起きていたから。というのも、殊能将之の〝中の人〟は、SF界の一部ではかなりよく知られた人物だったのである。

僕自身、『ハサミ男』のページを開き、「長電話につきあってくれた／藍上雄さんに捧げる」という巻頭の献辞を見て腰が抜けるほど驚き、あわてて著者紹介と内容紹介をチェック。これはどう見ても彼じゃないかとあたりをつけ、犯人当てならぬ作者当てミステリのようにして読みはじめた記憶がある。確信を持ったのは、作中で映るテレビ番組〈知ってるつもり!?〉に、どう見ても伊藤典夫《いとうのりお》としか思えない初老の翻訳家が登場し、ジェイムズ・ティプトリー・ジュニアについて語る場面。献辞を捧げられた藍上雄は、名古屋大学ＳＦ研究会に所属していた会員。〝あいうえお〟をもじった筆名だから同名異人の可能性もあるが、こんなミステリにティプトリーを放り込む〝犯人〟がほかにいるとも思えない。

翌日、講談社文芸第三部長（当時）の宇山日出臣《うやまひでお》氏に電話して、「メフィスト賞をとった殊能将之という新人の本名は、もしや田波正じゃないですか？」と訊ねたところ、「ふふふ。そうだよ」との答え。

四年も消息不明だった田波正が元気だったことと、よりにもよってメフィスト賞からデビューしたことがうれしくて、電話口で興奮し、思わず笑い出したのを覚えている。

では、その田波正とは、いったいどういう人物だったのか。田波正が殊能将之になるまでを、この機会に簡単にふりかえっておく。

田波正は、一九六四年一月十九日、福井県生まれ。福井県立藤島高校在学中から、ハードSF作家の石原藤夫《いしはらふじお》氏と文通し、〈SFマガジン〉誌上の石原氏の連載「石原博士のSF研究室」（一九八一年三月号〜一九八六年七月号）に、〝福井の天才〟としてしばしば登場。高校時代から、SFファンの間では知られた存在だった。

その石原藤夫氏は、二〇一三年八月二十六日、自身の掲示板に「弔慰・田波正氏」と題する次のような文章を寄せている（「オロモルフ号の航宙日誌６３４１『世相家事雑感』」）。

私は世事に疎いので、何を今更——と思われるかもしれないのですが、田波正氏の早世を知って呆然としております。

氏との文通は、今から三十五年ほど前、氏が高校の一年か二年の初めごろから始まりました。

その頭の働きの俊敏さに驚き、凄いSF作家になるかもしれない——と思っておりました。

高校三年くらいの時、日本SF大会で長時間歓談したことがあります。早川のSFコンテストに応募して、誌面に名前が出たので喜んでおられました。

そのうち、氏の才能や知的世界は私を遥かに超えましたので、文通は大学二年くらいで終わりましたが、ずっと気になる存在でした。
私の長男とほぼ同じ年齢ですから、あまりに早い帰幽です。
その希なる才能が発揮されはじめたのに、残念でなりません。
衷心よりお悔やみ申し上げます。

文中にある「早川のSFコンテスト」とは、早川書房が主催するSFの公募新人賞「ハヤカワ・SFコンテスト」のこと。二〇一二年にリニューアルされた「ハヤカワSFコンテスト」の前身にあたる短篇賞で（四百字×四十枚～百枚の新作が対象）、この時期は、前出の伊藤典夫氏、作家の眉村卓《まゆむらたく》氏とともに、石原藤夫氏が選考委員をつとめていた。募集媒体の〈SFマガジン〉を調べてみると、第9回ハヤカワ・SFコンテスト（一九八三年）の一次選考通過作に福井県からの応募作品が見つかる（「轍遙」名義）。この作品がそれかどうかはともかく、田波正はまだ十代のころから、小説新人賞に応募して一次選考の関門（推定二十倍前後）を突破する作家的実力の持ち主だったわけだ。しかし、実際に彼が書いた小説が活字になるまでには、それから十七年の歳月を要することになる。
一九八三年四月、田波正は名古屋大学理学部に入学。ちょっと遅れて名古屋大学S

F研究会に入会すると、たちまち頭角を現し、一九八四年五月から、機関誌への寄稿や編集などで八面六臂《はちめんろっぴ》の活躍をはじめる（たなみただし名義もあり）。もっとも、小説はまったく書いていなかったし、僕の知るかぎり、周囲にもハヤカワ・SFコンテスト応募歴については秘密にしていたと思う。

僕がSF系のイベントで彼と知り合ったのは、一九八四年ごろ。いかにもひねくれたSFファンという印象だったが、小説や映画に関するセンスと頭の回転は抜群だった。音楽と映画とアニメとSFを縦横に切りまくり、映画「うる星やつら2　ビューティフル・ドリーマー」を論じた「恋のメビウス『ビューティフル・ドリーマー』論」、ハードSFを論じた「ハイウェイ惑星はいかに改造されるか？」などの評論群は、ユニークな着眼点と卓抜な文章力で全国のSFマニアを虜《とりこ》にした。あるいは、〝かれの作品の遍歴は、そのまま不完全な世界との戦いの戦闘記録である〟と語り起こすディック論「ヴァリス狩り」とか。ファンジン（SF同人誌）だけでなく、SF評論誌〈SFの本〉に書評や新井素子論を寄稿したり、創元推理文庫の巻末コラムにフランク・ハーバートを論じた「鞭《むち》と宝石――〈ジャンプドア〉ノート」を書いたりしたのも在学中のこと。当時、名古屋大学SF研究会の機関誌に発表した文章の主なものは、私家版の『Before mercy snow　田波正原稿集』（名古屋大学SF研究会）

にまとめられている。

その後（一九八七年ごろか）、大学を中退して上京し、〈SFの本〉編集長だった志《し》賀《が》隆生《たかお》氏のところに転がり込み、氏の編集プロダクション、オブスキュアインクで働きはじめる（当時のことは、志賀夫人である川崎賢子《かわさきけんこ》さんによる講談社ノベルス版『美濃牛』の解説に詳しい）。一時はオフィスに寝泊まりしてたこともあったはずだ。

この時代は、〈ラクトース〉などの個人誌をコピーでつくってマメに出していて、ときどきうちにも送られてきた（あとで聞いたら十部〜二十部くらいだったらしい）。それらに書かれたコラムもめちゃくちゃ面白かったが、ありあまる才能を無駄遣いしているようにも見えた。

ちょっと本気を出せば、音楽（または映画）評論家にでもSF翻訳家にでもすぐなれるのに、なかなか本気を出さない。真正面から何かを一生懸命やることにテレてしまう、田波正は含羞《がんしゅう》と韜晦《とうかい》の人だった。

一九九五年の夏、ひさしぶりにオブスキュアインクを訪ねたら、田波正の姿が見えず、志賀さんに訊いてみると、「七月末で辞めたよ。しばらくひとりでやってみるって」とのこと。それから四年間、まったく消息が知れず（風の噂で福井の郷里に帰っているという話を聞いたような気もする）、ある日突然、前述の『ハサミ男』ショックに見舞われたわけだ。

何度か電話をやりとりしたあと、宇山さんのはからいで〝殊能将之〟との初対面を果たし、昔と変わらない態度と毒舌に妙に安心した。

「『ハサミ男』なら乱歩賞だって獲《と》れたんじゃないの？　なんで賞金も出ないメフィスト賞に？」と訊ねると、

「いやいや、あんなトリックを喜んでくれるのはメフィスト賞くらいでしょ」

「でも、メフィスト賞はぜったい獲れる自信があったんじゃない？」

「なに言ってんですか！　そんな自信ないですよ、ぜんぜん。……あ、でも、応募してからあわてて銀行口座つくったけど（笑）」

あれだけ頭が切れて、内外のＳＦと本格ミステリを（原書も含めて）読みまくっていた田波のことだから、自作の出来や位置づけは完璧に把握《はあく》していたことだろう。殊能将之のミステリはあらゆる点が綿密に計算されている――というか、計算されすぎている。弱点があるとすればそこだったかもしれない。

以後の活躍はご承知の通り。作家活動と並行して、二〇〇〇年には個人サイト「Mercy Snow official homepage」を開設。それ以降は、田波正名義であちこちのネット掲示板に出没していたし、新作が出なくなってからも（最後の長篇『キマイラの新しい城』は二〇〇四年八月刊)、個人サイトの「memo」にはTV番組へのコメントや大量の自作料理レシピを書きまくり、Twitterでは駄洒落《だじゃれ》を飛ばしまくり、大勢の熱心なファンが、〝殊能センセー〟のそうした日々の言葉を追いつづけていた。「memo」だけでも総計五千枚を超える分量になるため、全貌を把握するのはたいへんだが、その一部はいまもInternet Archiveで読める。また、「Reading Diary」と題する原書紹介ページは、没後、『殊能将之 読書日記 2000-2009』(講談社)にまとめられ、若島正《わかしまただし》と法月綸太郎が解説を寄せている。

この「Reading Diary」をリアルタイムに読んでいたときいちばん驚いたのは、当時まだ一冊も翻訳がなかったポール・アルテのフランス語の原書をバリバリ紹介しはじめたこと。いつの間にフランス語が読めるようになったのか? と思ったら、シュールレアリスム詩をネタにした『鏡の中は日曜日』を書く準備に辞書と文法書を買ってきて独学でフランス語を学び、資料代の元をとるべく(?)アルテを読むことにしたらしい。僕は大学で二年間フランス語を勉強してもまったく原書を読めるようにならなかったので、田波正/殊能将之の天才には脱帽した。というか、ふつう、作家が片手間でやるようなことじゃないよ!

それ以前にも、横溝正史《よこみぞせいし》の『獄門島』を踏まえた『美濃牛』を書くためだけに一年かけて俳句を勉強して、コール・ポーターの詞を俳句に変換する驚天動地の技を編み出したり、『黒い仏』の作中で使うもっともらしい漢文の史料を自作したり、話のタネには事欠かない。この尋常ならざる創作態度は、職業作家というよりもディレッタント的で、そう思うと、殊能将之は、最後まで趣味人として生涯をまっとうしたような気もする。

まぎれもない天才だった殊能将之は、天才であることを韜晦しつづけたまま去ってしまったが、それでも小説は残る。『ハサミ男』にはじまる長篇群と並んで、本格ミステリ作家・殊能将之誕生前夜の（意外と素直でキュートな顔も見せてくれる）短篇群が読めるようになったことはほんとうにうれしい。殊能ファン諸氏には、思いがけないプレゼントとして、存分に楽しんでいただきたい。また、殊能将之のことをまったく知らずに、いきなり本書を手にとった人もいるかもしれないが、これが作家歴の最初に位置する本であることはまちがいない。本書を読んでから『ハサミ男』に進むというのも、それはそれでありだろう。殊能将之の出発点を示す本書が長く読まれることを祈りたい。

殊能将之　著作リスト

ハサミ男　Scissor Man
講談社ノベルス1999年8月刊／講談社文庫2002年8月刊
第13回メフィスト賞受賞作

美濃牛　Minotaur
講談社ノベルス2000年4月刊／講談社文庫2003年4月刊

黒い仏　Black Buddha
講談社ノベルス2001年1月刊／講談社文庫2004年1月刊

鏡の中は日曜日　Im Spiegel ist Sonntag
講談社ノベルス2001年12月刊／講談社文庫2005年6月刊

樒《しきみ》／榁《むろ》　Anise & Juniper

講談社ノベルス2002年6月刊／講談社文庫2005年6月刊
この作品は講談社ノベルス創刊20周年記念「密室本」として刊行されました。
講談社文庫では『鏡の中は日曜日』に収録されています。

キマイラの新しい城　Le Nouveau Château des Chimères
講談社ノベルス2004年8月刊／講談社文庫2007年8月刊

子どもの王様　A Child's King
単行本　講談社2003年7月刊／講談社ノベルス2012年8月刊／講談社文庫2016年1月刊
この作品はミステリーランド第1回配本として刊行され、第38回造本装幀コンクール展で文部科学大臣賞を受賞しました。

リレー短編集『9の扉』
北村薫、法月綸太郎、鳥飼否宇、麻耶雄嵩、竹本健治、貫井徳郎、歌野晶午、辻村深月共著

単行本　マガジンハウス２００９年7月刊／角川文庫２０１３年11月刊

殊能将之　編集作品

奇想コレクション『どんがらがん』

アヴラム・デイヴィッドスン著、浅倉久志他訳

単行本　河出書房新社２００５年10月刊／河出文庫２０１４年2月刊

殊能将之　読書日記2000-2009

The Reading Diary of Mercy Snow

単行本　講談社　２０１５年6月刊

本書は二〇一六年二月に小社より刊行された単行本を文庫化したものです。

|著者| 殊能将之　1964年、福井県生まれ。名古屋大学理学部中退。1999年、『ハサミ男』で第13回メフィスト賞を受賞しデビュー。著書に『美濃牛』『黒い仏』『鏡の中は日曜日』『キマイラの新しい城』『子どもの王様』などがある。2013年2月、逝去。

殊能将之《しゅのうまさゆき》 未《み》発表短篇集《はっぴょうたんぺんしゅう》

殊能将之《しゅのうまさゆき》

2022年8月10日第1刷発行

発行者――鈴木章一
発行所――株式会社　講談社
東京都文京区音羽2-12-21　〒112-8001
電話　出版（03）5395-3510
　　　販売（03）5395-5817
　　　業務（03）5395-3615

Printed in Japan

講談社文庫

定価はカバーに表示してあります

KODANSHA

デザイン―菊地信義
本文データ制作―講談社デジタル製作
印刷――株式会社KPSプロダクツ
製本――株式会社国宝社

落丁本・乱丁本は購入書店名を明記のうえ、小社業務あてにお送りください。送料は小社負担にてお取替えします。なお、この本の内容についてのお問い合わせは講談社文庫あてにお願いいたします。

ISBN978-4-06-528983-9

講談社文庫刊行の辞

二十一世紀の到来を目睫に望みながら、われわれはいま、人類史上かつて例を見ない巨大な転換期をむかえようとしている。

世界も、日本も、激動の予兆に対する期待とおののきを内に蔵して、未知の時代に歩み入ろうとしている。このときにあたり、創業の人野間清治の「ナショナル・エデュケイター」への志を現代に甦らせようと意図して、われわれはここに古今の文芸作品はいうまでもなく、ひろく人文・社会・自然の諸科学から東西の名著を網羅する、新しい綜合文庫の発刊を決意した。

激動の転換期はまた断絶の時代である。われわれは戦後二十五年間の出版文化のありかたへの深い反省をこめて、この断絶の時代にあえて人間的な持続を求めようとする。いたずらに浮薄な商業主義のあだ花を追い求めることなく、長期にわたって良書に生命をあたえようとつとめるところにしか、今後の出版文化の真の繁栄はあり得ないと信じるからである。

同時にわれわれはこの綜合文庫の刊行を通じて、人文・社会・自然の諸科学が、結局人間の学にほかならないことを立証しようと願っている。かつて知識とは、「汝自身を知る」ことにつきていた。現代社会の瑣末な情報の氾濫のなかから、力強い知識の源泉を掘り起し、技術文明のただなかに、生きた人間の姿を復活させること。それこそわれわれの切なる希求である。

われわれは権威に盲従せず、俗流に媚びることなく、渾然一体となって日本の「草の根」をかたちづくる若く新しい世代の人々に、心をこめてこの新しい綜合文庫をおくり届けたい。それは知識の泉であるとともに感受性のふるさとであり、もっとも有機的に組織され、社会に開かれた万人のための大学をめざしている。大方の支援と協力を衷心より切望してやまない。

一九七一年七月

野間省一

講談社文芸文庫

大澤真幸

〈世界史〉の哲学 1 古代篇

資本主義の根源を問う著者の破天荒な試みがついに文庫化開始！ 本巻では〈世界史〉におけるミステリー中のミステリー＝キリストの殺害が中心的な主題となる。

解説＝山本貴光

978-4-06-527683-9
おZ2

大澤真幸

〈世界史〉の哲学 2 中世篇

「中世」とは、キリストの「死なない死体」にとり憑かれた時代であった！ 誰も明確には答えられない謎に挑んで見えてきた真実が資本主義の本質を照らし出す。

解説＝熊野純彦

978-4-06-528858-0
おZ3

講談社文庫　目録

2022年6月15日現在